ニュー コンセプト にほんご

新概念日语 1

（韩）金熹成　黄庆子　　　　著
（日）田渊咲子　稲熊美保

孙艳杰　李香春　　　　译

外语教学与研究出版社
北京

京权图字：01－2003－6420

本书由韩国时事日本语社授权外语教学与研究出版社出版。

图书在版编目(CIP)数据

新概念日语. 1 /（韩）金熹成等著 .—北京：外语教学与研究出版社，2005.6
ISBN 7－5600－4968－0

Ⅰ．新… Ⅱ．金… Ⅲ．日语—自学参考资料 Ⅳ．H36

中国版本图书馆 CIP 数据核字 (2005) 第 069888 号

出 版 人：李朋义
责任编辑：刘宜欣
封面设计：张　峰
出版发行：外语教学与研究出版社
社　　址：北京市西三环北路 19 号 (100089)
网　　址：http：//www.fltrp.com
印　　刷：北京京师印务有限公司
开　　本：787×1092　1/16
印　　张：9.25
版　　次：2005 年 9 月第 1 版　2006 年 3 月第 2 次印刷
书　　号：ISBN 7－5600－4968－0
定　　价：17.90 元
＊　　＊　　＊
如有印刷、装订质量问题出版社负责调换
制售盗版必究 举报查实奖励
版权保护办公室举报电话：(010)88817519

出版说明

《新概念日语》系列丛书是我社由韩国SISA出版社引进的，主要面向日语初级学习者。本丛书由《新概念日语1》《新概念日语2》《新概念日语1、2 教师用书》构成。

《新概念日语1》《新概念日语2》作为主教材，共设定36课内容。每课（除第1、2课为文字和发音的讲解）由会话、词汇表、语法要点、句型练习、听力练习、用日语做游戏六部分内容构成。

会话部分出现的是与课文题目相关的对话内容，并在对话后以图画形式概括会话内容，给学习者提供了看图画回忆及复述对话内容的机会；词汇表部分选取了每课新出现及对日后学习具有重要意义的单词及短语，除标明释义外，还根据《大辞林（第二版）》《新明解国语辞典（第五版）》《NHK日语发音声调辞典（新版）》为单词标注了声调及词性；语法要点部分提示出每课会话中出现的重要语法项目，通过大量翔实的例句体现语法项目的语义、接续方式及应用的语境；句型练习和听力练习从听说读写方面全面提高学习者的语言应用能力；用日语做游戏部分寓教于乐，通过游戏形式引出全课学习的重点项目，引导学习者通过这种形式的复习掌握学习要点。

除此之外，在主教材的部分课文中还设置了日本语言、文化方面的小知识栏目，以便学习者了解日语语言特点、熟悉日本社会文化。

在每册书的最后还附有练习题和会话部分的译文。练习题主要针对每册书中的重点语法项目进行练习，以利于巩固所学知识。会话部分的译文有助于学习者对该部分的深入理解，仅供参考。

《新概念日语1、2 教师用书》中包括学习目标、语法要点详解，及如何引导学习者通过句型练习、听力练习、用日语做游戏部分进行有效地学习等内容。

衷心希望本丛书能够助您顺利地步入日语的殿堂。

外语教学与研究出版社

前　言

　　以前很多人出于旅行和商务活动的需要而学习日语，如今，人们通过游戏、音乐、网络和电影等多种途径，经常接触到日语。随着日语学习者学习需求的多样化，过去以语法教学为主的教科书已经不能满足人们的需求了。

　　这本教材就是为了应对变化多端的现代社会中可能产生的各种需求而编写的。为了适应时代的要求，本教材表现出以下主要特点：

1 选取使用频率高的单词

2 在语法要点中例举了重点语法项目的多种使用方法

3 在句型练习中活用学过的知识、进行会话练习

4 在听力练习中检验是否掌握了全篇内容

5 在用日语做游戏时，通过有趣的游戏进行实战训练

　　语法要点中列举了可以应对各种情况的例句。"体例说明"主要讲述了如何使用本教材授课才会取得最好的效果。本人衷心希望使用本教材的日语学习者能够不断取得进步，同时向给予大力支持的SISA日本语社社长严镐烈和编辑部的各位表示深深的谢意。

全体作者

体例说明

本教材的学习目标

· 学习实际生活中经常使用的基本句型和单词

· 设定场景进行会话练习

· 通过游戏、角色模仿等练习形式培养语言应用能力

本教材的构成

第1、2课：文字和发音

第3课～第36课：句型练习和会话

第3课之后每课的构成

①会话

最近日语学习者的身份多种多样，为了适应这种现象，本书把大学生、公司职员、家庭主妇，以及自由职业者（打工族）设定为出场人物进行编排。舞台设在韩国。林拓也是被派到韩国分公司的日本人。李汉淑既是林拓也公司的前辈，又和他生活在同一座公寓中。李汉淑把和自己关系很好的小朴（自由职业者）介绍给了林拓也。在第3课的会话中，"小朴和小林在回家的途中遇到了金由理（女大学生）"，是对会话背景的介绍。通过介绍，明确了出场人物之间的关系。

使学习者阅读并练习完会话后，看会话下方的图画能够回想起学过的会话内容。

②词汇表

对新出现的单词和短语进行了整理。顺序是<会话>→<句型练习>→<听力练习>→<用日语做游戏>。语法要点中出现的新句型主要通过例句进行讲解。

③语法要点

主要整理了本课的重点句型和例句。不是读完例句就结束了，而是马上向学习者提问，让学习者学会活用，因此语法要点部分可以作为练习使用。

④句型练习

语法要点中主要练习用单词造句，这里则主要练习会话。提出问题，让学习者之间或者和老师一起进行对话练习。

⑤听力练习

不仅要听懂每个句子，而且要掌握全文内容，为此在练习的某些地方设置了陷阱。请各位在背熟单词以后再做听力练习。

⑥用日语做游戏

用生动有趣的方式检查是否达到了学习目标。采用了游戏、角色模仿等多种多样的形式。

本教材使用的主要词类名称

· 名词（词汇表中为"名"）

· 形容词：イ形容词／ナ形容词（词汇表中为"イ形""ナ形"）

· 动词：五段动词→1类动词（词汇表中为"動1"）

    上一段／下一段动词→2类动词（词汇表中为"動2"）

    サ变动词／カ变动词→3类动词（词汇表中为"動3"）

目 录

目　录

主要出场人物

小朴

性格外向，毕业后没有找工作，靠打工为生。

小林

在贸易公司韩国分公司，是李汉淑的同事。

金由理

小朴的朋友，大学4年级学生，正准备求职。

李汉淑

和小林在一家公司工作，住在同一公寓里。

山田惠

李汉淑的夫人，性格活泼。

1 文字和发音

日语的文字

假名文字

日语文字以平假名、片假名和汉字为基础。

平假名和片假名统称为假名，这是一种以汉字为基础创造出来的文字。假名按照一定的顺序，排列成每行5个字，共10行，这被称为五十音图。五十音图中竖的称为"行"，横的称为"段"。

平假名

平假名来自汉字的草书，用于书面语。创造于9世纪末到10世纪，女子写诗或者随笔、书信中经常使用。平假名曾经以几种形态被使用，直到1900年发布小学令后才统一为现在的46个假名，正式成为日语的基础文字。

片假名

片假名的创立时间据推测为10世纪左右，是以汉字的笔画为中心进行模仿或者省略其中一部分创造而成的文字。在现代语里常被用于外来语、外国的地名或者固有名词、拟态语、电报等。

汉字

汉字形成日语单词的基础。日语汉字的读法有按照日语固有的意思来读的训读和按照汉字原来的音来读的音读两种方法。音读或训读不一定只有一种读法，可能有两种以上的读法。训读主要用于独立成词的单词，而音读主要用于和别的字母结合而成的单词，可以分为音读＋音读、音读＋训读等多种形式。

	音读		训读	
国	国民（こくみん）	国民	国（くに）	国家
私	私立（しりつ）	私立	私（わたし）	我

1

平假名（ひらがな）

	あ行	か行	さ行	た行	な行	は行	ま行	や行	ら行	わ行	ん行
あ段	あ a	か ka	さ sa	た ta	な na	は ha	ま ma	や ya	ら ra	わ wa	ん N
い段	い i	き ki	し shi	ち chi	に ni	ひ hi	み mi		り ri		
う段	う u	く ku	す su	つ tsu	ぬ nu	ふ hu	む mu	ゆ yu	る ru		
え段	え e	け ke	せ se	て te	ね ne	へ he	め me		れ re		
お段	お o	こ ko	そ so	と to	の no	ほ ho	も mo	よ yo	ろ ro	を wo	

1. 清音（せいおん）

あ行	あ	い	う	え	お
	a	i	u	e	o

あい 爱　　　　　　　いえ 家，房子　　　　うえ 上面
え 画　　　　　　　　おう 王，国王

か行	か	き	く	け	こ
	ka	ki	ku	ke	ko

かい 贝，贝壳　　　　きく 菊花　　　　　　けいかく 计划
こえ 声音

さ行	さ	し	す	せ	そ
	sa	shi	su	se	so

おさけ 酒　　　　　　しか 鹿　　　　　　　すいか 西瓜
せき 席位　　　　　　そこ 那里

た行	た	ち	つ	て	と
	ta	chi	tsu	te	to

たい 鲷，加级鱼　　　ちち 爸爸　　　　　　つち 土，土地
て 手　　　　　　　　とけい 钟表

な行	な	に	ぬ	ね	の
	na	ni	nu	ne	no

なつ 夏天　　　　　　にく 肉　　　　　　　ぬの 布
ねこ 猫

は行	は	ひ	ふ	へ	ほ
	ha	hi	hu	he	ho

はな 花　　　　　　ひと 人　　　　　　ふね 船
へい 墙壁　　　　　ほし 星星

ま行	ま	み	む	め	も
	ma	mi	mu	me	mo

まめ 豆　　　　　　みせ 店　　　　　　むし 虫子
め 眼睛　　　　　　もち 年糕

や行	や	ゆ	よ
	ya	yu	yo

やさい 蔬菜　　　　ゆき 雪　　　　　　ゆめ 梦, 理想
よめ 儿媳

ら行	ら	り	る	れ	ろ
	ra	ri	ru	re	ro

さら 盘子　　　　　りえき 利益　　　　るす 不在家
れきし 历史　　　　ろうか 走廊

わ行	わ	を
	wa	wo

わたし 我　　　　　を 动作、作用的对象（格助词）

ん行	ん
	N

かんこく 韩国　　　にほん 日本

4

2．浊音（だくおん）

清音的辅音中，在"か行、さ行、た行、は行"字母的右上端加"〝"符号，就变成了浊音，这个浊音符号叫"にごり"。

が行	が ga	ぎ gi	ぐ gu	げ ge	ご go

がか　画家　　　　ぎんこう　银行　　　　かぐ　家具
げんかん　正门，大门　　ごはん　饭，吃饭

ざ行	ざ za	じ zi	ず zu	ぜ ze	ぞ zo

ざせき　座位　　　　じかん　时间　　　　みず　水
かぜ　风　　　　　　かぞく　家族

だ行	だ da	ぢ ji	づ zu	で de	ど do

だいこん　萝卜　　　　はなぢ　鼻血　　　　つづき　继续
でんわ　电话　　　　どようび　星期六

ば行	ば ba	び bi	ぶ bu	べ be	ぼ bo

おちば　落叶　　　　びじん　美人　　　　ぶた　猪
べんごし　律师　　　ぼうし　帽子

3. 半浊音（はんだくおん）

在"は行"右上角加半浊音符号"゜"。

ぱ行	ぱ	ぴ	ぷ	ぺ	ぽ
	pa	pi	pu	pe	po

かんぱい　干杯　　　　　えんぴつ　铅笔　　せんぷうき　电风扇
ぺこぺこ（肚子）非常饿　ぽかぽか　暖烘烘　たんぽぽ　蒲公英

4. 拗音（ようおん）

半元音"やゆよ"和五十音图"い段"音结合的发音。虽然是两个假名，但是却发成一个音节，"やゆよ"位于右下方且字写小一些。

きゃ	kya	きゅ	kyu	きょ	kyo
しゃ	sha	しゅ	shu	しょ	sho
ちゃ	cha	ちゅ	chu	ちょ	cho
にゃ	nya	にゅ	nyu	にょ	nyo
ひゃ	hya	ひゅ	hyu	ひょ	hyo
みゃ	mya	みゅ	myu	みょ	myo
りゃ	rya	りゅ	ryu	りょ	ryo
ぎゃ	gya	ぎゅ	gyu	ぎょ	gyo
じゃ	ja	じゅ	ju	じょ	jo
びゃ	bya	びゅ	byu	びょ	byo
ぴゃ	pya	ぴゅ	pyu	ぴょ	pyo

5．促音（そくおん）……っ

把"つ"写小一些，起收音的作用，发一个音节的长度，嘴唇必须保持下一个辅音的发音形状。

① [k]：在"か行"之前的时候

みっか　三天　　　　　　　　そっくり　完全，全部

がっき　乐器　　　　　　　　がっこう　学校

② [s]：在"さ行"之前的时候

きっさてん　咖啡馆　　　　　ざっし　杂志

③ [t]：在"た行"之前的时候

むっつ　六个　　　　　　　　きって　邮票

あさって　后天　　　　　　　おっと　丈夫

④ [p]：在"ぱ行"之前的时候

いっぱい　充满　　　　　　　しっぱい　失败

きっぷ　票　　　　　　　　　さっぽろ　札幌

6．拨音（はつおん）……ん

"ん"发一拍音的长度，根据后面的发音可以发为"m, n, ŋ, N"四种音。

① [m]：在"ま、ば、ぱ行"之前的时候

えんぴつ　铅笔　　　　　　　ほんもの　真货

ぶんぽう　语法　　　　　　　しんぶん　报纸

さんぽ　散步　　　　　　　　えんぶん　盐分

② [n]：在"さ、ざ、た、だ、な、ら行"之前的时候

えんとつ 烟囱　　　　べんとう 盒饭
かんじ 汉字　　　　　べんり 方便
あんない 向导　　　　こんど 下次

③ [ŋ]：在"か、が行"之前的时候

けんか 打架　　　　　えんかい 宴会
まんが 漫画　　　　　れんこん 藕

④ [N]：在"あ、や、わ行"之前的时候

れんあい 恋爱　　　　でんわ 电话
ほんや 书店　　　　　てんいん 店员

7. 长音（ちょうおん）

①あ段＋あ→ [a:]	おばあさん 奶奶, 姥姥 おかあさん 妈妈	★おばさん 阿姨
②い段＋い→ [i:]	おじいさん 爷爷, 姥爷 いい 好	★おじさん 叔叔
③う段＋う→ [u:]	ゆうき 勇气 ひこうき 飞机	★ゆき 雪
④え段＋え / い→ [e:]	ゆうめい 有名 せんせい 老师	★ゆめ 梦, 理想
⑤お段＋お / う→ [e:]	おおい 多 おとうさん 爸爸	★おい 侄子, 外甥

问候语（1）

1.	おはようございます。	早上好。
2.	こんにちは。	你好。
3.	こんばんは。	晚上好。
4.	おやすみなさい。	晚安。
5.	さようなら。	再见。
6.	すみません。	对不起。
7.	ありがとうございます。	谢谢。
8.	どういたしまして。	没关系。不客气。
9.	はじめまして。	初次见面。
10.	おひさしぶりです。	好久不见了。
11.	おげんきですか。	身体好吗？
12.	いただきます。	我收下了。
13.	ごちそうさま。	承蒙您款待。
14.	どうぞよろしく。	请多关照。
15.	おねがいします。	拜托了。
16.	では、また。	再见。
17.	おだいじに。	请多保重。

片假名

1. 清音（せいおん）

	ア行	カ行	サ行	タ行	ナ行	ハ行	マ行	ヤ行	ラ行	ワ行	
ア段	ア a	カ ka	サ sa	タ ta	ナ na	ハ ha	マ ma	ヤ ya	ラ ra	ワ wa	ン N
イ段	イ i	キ ki	シ shi	チ chi	ニ ni	ヒ hi	ミ mi		リ ri		
ウ段	ウ u	ク ku	ス su	ツ tsu	ヌ nu	フ hu	ム mu	ユ yu	ル ru		
エ段	エ e	ケ ke	セ se	テ te	ネ ne	ヘ he	メ me		レ re		
オ段	オ o	コ ko	ソ so	ト to	ノ no	ホ ho	モ mo	ヨ yo	ロ ro	ヲ wo	

2. 浊音（だくおん）

が ga	ぎ gi	ぐ gu	げ ge	ご go
ザ za	ジ ji	ズ zu	ゼ ze	ゾ zo
ダ da	ヂ ji	ヅ zu	デ de	ド do
バ ba	ビ bi	ブ bu	ベ be	ボ bo

3. 半浊音（はんだくおん）

パ pa	ピ pi	プ pu	ペ pe	ポ po

4. 拗音（ようおん）

キャ	kya	キュ	kyu	キョ	kyo
シャ	sha	シュ	shu	ショ	sho
チャ	cha	チュ	chu	チョ	cho
ニャ	nya	ニュ	nyu	ニョ	nyo
ヒャ	hya	ヒュ	hyu	ヒョ	hyo
ミャ	mya	ミュ	myu	ミョ	myo
リャ	rya	リュ	ryu	リョ	ryo
ギャ	gya	ギュ	gyu	ギョ	gyo
ジャ	ja	ジュ	ju	ジョ	jo
ビャ	bya	ビュ	byu	ビョ	byo
ピャ	pya	ピュ	pyu	ピョ	pyo

5. 长音（ちょうおん）

①ア段＋ー→ [a:] サッカー ②イ段＋ー→ [i:] キー ③ウ段＋ー→ [u:] スープ
④エ段＋ー→ [e:] ケーキ ⑤オ段＋ー→ [o:] コーヒー

ア行	ア	イ	ウ	エ	オ
	a	i	u	e	o

アイス　冰　　　　　　　アパート　公寓　　　　インターネット　因特网
ウエイトレス　女服务员　エアコン　空调　　　オレンジ　橙子

カ行	カ	キ	ク	ケ	コ
	ka	ki	ku	ke	ko

カラー　颜色　　　　　　キッチン　厨房　　　　クッキー　曲奇
ケーキ　蛋糕　　　　　　コーヒー　咖啡

サ行	サ	シ	ス	セ	ソ
	sa	shi	su	se	so

サイン　签字　　　　　　システム　制度，体系　スキー　滑雪
セーター　毛衣　　　　　ソーセージ　香肠

タ行	タ	チ	ツ	テ	ト
	ta	chi	tsu	te	to

タイプ　类型　　　　　　ダイヤ　轮胎　　　　　ツアー　旅行
チンパンジー　黑猩猩　　テスト　考试　　　　　トマト　西红柿

ナ行	ナ	ニ	ヌ	ネ	ノ
	na	ni	nu	ne	no

ナンバー　号码　　　　　ネクタイ　领带　　　　ノート　笔记本
ニュース　新闻　　　　　ニューヨーク　纽约　　カヌー　独木舟

ハ行	ハ ha	ヒ hi	フ hu	ヘ he	ホ ho

ハム　火腿　　　　バス　公共汽车　　　パイプ　管子
フランス　法国　　ホワイト　白色　　　ヒーター　加热器

マ行	マ ma	ミ mi	ム mu	メ me	モ mo

マナー　礼节　　　ムード　心情　　　メーカー　制造商
ミス　错误　　　　メロン　甜瓜　　　モード　流行（样式）

ヤ行	ヤ ya		ユ yu		ヨ yo

イヤホン　耳机　　ユーモア　幽默　　ヨーロッパ　欧洲

ラ行	ラ ra	リ ri	ル ru	レ re	ロ ro

ラーメン　拉面　　　ラッシュアワー　上下班高峰　ロボット　机器人
リズム　节奏　　　　レモン　柠檬　　　　　　　　ルール　规则

ワ行	ワ wa				

ワールド　世界

ン行	ン N				

ファン　狂热爱好者，迷

3 はじめまして

小朴在带小林去公寓的途中，遇到了金由理。

パク：キムさん、こちらは　林さんです。

林　：はじめまして。林拓也です。どうぞ　よろしく　お願いします。

キム：キム　ユリです。こちらこそ　どうぞ　よろしく。

パク：キムさん、おでかけですか。

キム：はい。

パク：じゃ、また、後で。

キム：ええ。じゃ、また。

＊　　＊　　＊　　＊　　＊　　＊　　＊　　＊　　＊　　＊

林　：キムさんは　パクさんの　恋人ですか。

パク：えっ？いいえ、私の　恋人じゃ　ありません。友達です。

林　　　　　　パク　　　　　キム　　　　　　　　　林　　　　　　パク

词汇表

会话

～さん（接尾）小～，老～	こちら ⓪ （代）这位
～は（係助）表示主题	～です 是～
はじめまして（連語）初次见面	どうぞ　よろしく　おねが（願）いします 请
こちらこそ　彼此彼此	多关照
おでかけ 外出	はい ① （感）是
じゃ（接続）那么	また ⓪ （副）又，再
あと（後）で 以后	ええ ① （感）嗯，是
～の（格助）～的	こいびと（恋人）⓪ （名）恋人
えっ 啊？（表示惊讶）	いいえ ③ （感）不，不是
わたし（私）⓪ （代）我	～じゃありません 不是～
ともだち（友達）⓪ （名）朋友	

句型练习

しゅふ（主婦）① （名）主妇	フリーター ② （名）自由职业者，自由打工者
にほんご（日本語）⓪ （名）日语	かばん ⓪ （名）提包
くるま（車）⓪ （名）汽车	ほん（本）① （名）书
じしょ（辞書）① （名）词典	かさ（傘）① （名）伞
けいたい（携帯）⓪ （名）（"けいたいでん	
わ"的省略）手机	

听力练习

だいがくせい（大学生）③④ （名）大学生	うわぎ（上着）⓪ （名）上衣

语法要点

1 指示代词

	こ（这）	そ（那）	あ（那）	ど（哪）
指示代词（+名词）	この〜（这〜）	その〜（那〜）	あの〜（那〜）	どの〜（哪〜）
物体	これ（这个）	それ（那个）	あれ（那个）	どれ（哪个）
方向	こちら（这边）	そちら（那边）	あちら（那边）	どちら（哪边）
场所	ここ（这里）	そこ（那里）	あそこ（那里）	どこ（哪里）

2 〜は〜です   〜是〜

わたしは　韓国人<ruby>韓国人<rt>かんこくじん</rt></ruby>です。

我是韩国人。

これは　アイスコーヒーです。

这是冰咖啡。

トイレは　あそこです。

厕所在那里。

3 Q：〜ですか   是〜吗？
A：はい、〜です   是的，是〜
　　いいえ、〜じゃありません   不，不是〜

A：<ruby>学生<rt>がくせい</rt></ruby>さんですか。

　　你是学生吗？

B：はい、<ruby>学生<rt>がくせい</rt></ruby>です。／いいえ、<ruby>学生<rt>がくせい</rt></ruby>じゃ　ありません。<ruby>会社員<rt>かいしゃいん</rt></ruby>です。

　　是，是学生。／不，不是学生。是公司职员。

A：バス停は　ここですか。

车站是这儿吗？

B：はい、ここです。

是，是这儿。

4　～の～／～の　　　　　　　　　　　　～的～／～的东西

きょうの　新聞です。

是今天的报纸。

わたしの　友達は　英語の　先生です。

我的朋友是英语老师。

この　けいたいは　キムさんのですか。

这部手机是小金的吗？

句型练习

1 请仿照例句造句。

> 例　キム・学生　⇒　こちらは　キムさんです。キムさんは　学生です。

①山田・主婦　　　　　　②林・会社員

③パク・フリーター　　　④イ・日本語の先生

2

> 例
>
>
>
> この　かばんは　キムさんのですか。
>
> はい、その　かばんは　キムさんのです。
>
> いいえ、その　かばんは　キムさんのじゃ　ありません。

①
この＿＿＿＿＿は　林さんのですか。

はい、その＿＿＿＿＿＿＿＿＿＿＿＿＿＿＿。

②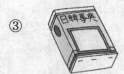
この＿＿＿＿＿は　パクさんのですか。

いいえ、その＿＿＿＿＿＿＿＿＿＿＿＿＿。

③
この＿＿＿＿＿は　イさんのですか。

はい、その＿＿＿＿＿＿＿＿＿＿＿＿＿＿＿。

④
この＿＿＿＿＿は　山田さんのですか。

いいえ、その＿＿＿＿＿＿＿＿＿＿＿＿＿。

⑤
この＿＿＿＿＿は　佐藤さんのですか。

いいえ、その＿＿＿＿＿＿＿＿＿＿＿＿＿。

听力练习

请仔细听对话的内容，回答问题 1、2。（1～2 题）

1. 仔细听对话的内容，记下姓名和职业。
2. 将每个人与其所带的物品连接起来。

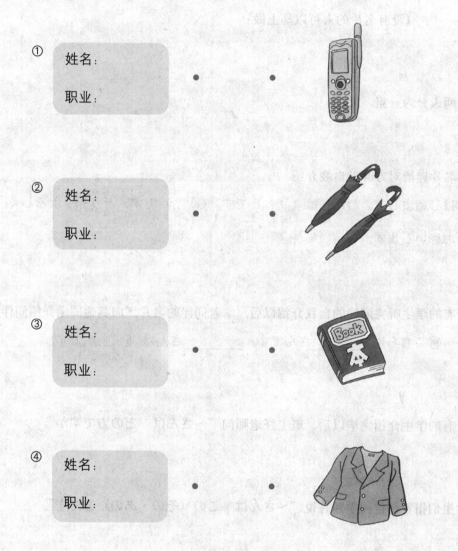

① 姓名：

职业：

② 姓名：

职业：

③ 姓名：

职业：

④ 姓名：

职业：

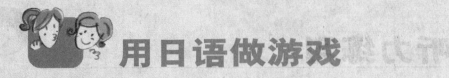

用日语做游戏

要准备的物品：名片

（没有名片的人可以马上做）

1 将两人分为一组。

2 将名片递给对方并做自我介绍。

㋑はじめまして。わたしは（姓名）です。（职业）です。どうぞ　よろしく

お願いします。

3 所有的学生听完同伴的自我介绍以后，拿着同伴的名片，向其他同学介绍同伴。

㋑こちらは＿＿＿＿＿＿さんです。＿＿＿＿＿＿さんは（职业）です。

4 所有的学生介绍完毕以后，班主任老师问"～さんは　どの方ですか"。

5 学生们指着那位同学回答说"～さんは　この（その・あの）方です"。

20

4 それは 何ですか

小林去洗衣店的途中遇到了小朴。

パク：こんばんは。それは　何ですか。

林　：洗濯物です。あの…　コインランドリーは　どこですか。

パク：あそこの　地下です。でも、今日は　お休みですよ。

林　：えっ。月曜日は　お休みですか。

パク：はい。火曜日から　日曜日までです。

林　：うーん…、じゃ、何時から　何時までですか。

パク：午前　8時から　午後　9時までです。

林　：日曜日も　9時までですか。

パク：いいえ、日曜日は　6時までですよ。

パク　　　　　林

パク　　　　林

21

词汇表

会话

こんばんは ⑤（感）晚上好	なん（何）①（代）什么
せんたくもの（洗濯物）⓪（名）要洗的衣物	あの…⓪（感）请问……
コインランドリー④（名）投币洗衣店	ちか（地下）①②（名）地下
でも①（接）可是	おやすみ（お休み）⓪（名）休息
～よ（終助）表示命令、劝诱	げつようび（月曜日）③（名）星期一
かようび（火曜日）②（名）星期二	にちようび（日曜日）③（名）星期天
～から（格助）从……	～まで（副助）到……
なんじ（何時）①几点	ごぜん（午前）①（名）上午
ごご（午後）①（名）下午	～も（副助）也

句型练习

えいが（映画）①⓪（名）电影	コンサート①③（名）音乐会
ざっし（雑誌）⓪（名）杂志	ゲーム①（名）游戏
ポスター①（名）宣传画	ミュージカル①（名）音乐剧
バレンタインデー⑤（名）情人节	おしょうがつ（お正月）（名）新年
ホワイトデー④（名）白色情人节	こども（子供）⓪（名）小孩
ひ（日）⓪（名）日子	クリスマス③（名）圣诞节
おおみそか③（名）除夕	

听力练习

そうそう…　啊，对了（突然想起某事）；　没错（表示认同）	としょかん（図書館）②（名）图书馆
	じかん（時間）⓪（名）时间

语法要点

1

[疑问词] ＋ですか　　　　　　　　　　　　　　是（疑问词）吗？

それは　何^{なん}ですか。

那是什么？

何^{なん}の　チケットですか。

是什么票？

ここは　どこですか。

这是哪里？

すみません。今^{いま}、何時^{なんじ}ですか。

请问，现在几点？

キムさんの　誕生日^{たんじょうび}は　いつですか。

小金的生日是什么时候？

2

〜でした　　　　　　　　　　　　　　　　　原来是〜

〜じゃ　ありませんでした　　　　　　　　　　原来不是〜

A：昨日^{きのう}は　お休^{やす}みでしたか。

　　昨天是休息日吗？

B：いいえ、休^{やす}みじゃ　ありませんでした。

　　不，不是休息日。

3

〜から　〜まで　　　　　　　　　　　　　　从〜到〜

仕事^{しごと}は　9時^{くじ}から　6時^{ろくじ}までです。

工作是从9点到6点。

バーゲンセールは　5日^{いつか}から　14日^{じゅうよっか}までです。

大减价是从5号到14号。

23

今日も　お仕事ですか。

今天也工作吗？

私もです。

我也是。

・数词

1（いち）　　2（に）　　　　3（さん）　　　4（し／よん）　　　5（ご）

6（ろく）　　7（しち／なな）　8（はち）　　　9（く／きゅう）　　10（じゅう）

・时间

①时、点（時）1時（いちじ）　2時（にじ）　3時（さんじ）　4時（よじ）　5時（ごじ）

6時（ろくじ）　7時（しちじ）　8時（はちじ）　9時（くじ）　10時（じゅうじ）

11時（じゅういちじ）　12時（じゅうにじ）　何時（なんじ）

②分（分）　1分（いっぷん）　2分（にふん）　3分（さんぷん）　4分（よんぷん）

5分（ごふん）　6分（ろっぷん）　7分（ななふん）　8分（はっぷん）

9分（きゅうふん）　10分（じゅっぷん／じっぷん）　半（はん）　何分（なんぷん）

・日期

①月（月）　1月（いちがつ）　2月（にがつ）　3月（さんがつ）　4月（しがつ）　5月（ごがつ）

6月（ろくがつ）　7月（しちがつ）　8月（はちがつ）　9月（くがつ）　10月（じゅうがつ）

11月（じゅういちがつ）　12月（じゅうにがつ）　何月（なんがつ）

②日（日）　1日（ついたち）　2日（ふつか）　3日（みっか）　4日（よっか）　5日（いつか）

6日（むいか）　7日（なのか）　8日（ようか）　9日（ここのか）　10日（とおか）

11日（じゅういちにち）　12日（じゅうににち）　13日（じゅうさんにち）

14日（じゅうよっか）　15日（じゅうごにち）…　20日（はつか）

21日（にじゅういちにち）…　30日（さんじゅうにち）…　何日（なんにち）

・星期

月曜日（げつようび）　火曜日（かようび）　水曜日（すいようび）　木曜日（もくようび）

金曜日（きんようび）　土曜日（どようび）　日曜日（にちようび）　何曜日（なんようび）

句型練習

请仿照例句造句。

1

例 チケット／映画
えい が

A：これは 何ですか。
なん

B：チケットです。

A：何の チケットですか。
なん

B：映画の チケットです。
えい が

①チケット／コンサート　②本／単語　③辞書／日本語
　　　　　　　　　　　　ほん たん ご　　じ しょ に ほん ご

④雑誌／ゲーム　　　　　⑤ポスター／ミュージカル
ざっ し

2

例 1：15

A：すみません。今、何時ですか。
なん じ

B：1時 15分です。
いち じ じゅうごふん

①3：25　②4：30　③7：10　④9：40　⑤12：45

3

例 バレンタインデー

A：バレンタインデーは いつですか。

B：2月14日です。
に がつ じゅうよっか

①お正月　　　　　　②ホワイトデー　　③子供の 日
しょうがつ　　　　　　　　　　　　　　 こ ども ひ

④クリスマス　　　　⑤おおみそか　　　⑥先生の 誕生日
　　　　　　　　　　　　　　　　　　 せんせい たんじょう び

25

听力练习

请仔细听内容，选出正确的图画。

1.

①  （　　）

②  （　　）

③  （　　）

2.

① open：月～土
time：am 8:00～
　　 pm 6:00
　　 （土：～12:00）

（　　）

② open：月～日
time：am 8:00～
　　 pm 6:00
　　 （土：～11:00）

（　　）

③ open：月～土
time：am 8:00～
　　 pm 6:00
　　 （土：～2:00）

（　　）

用日语做游戏

アクティビティー

准备的物品：写有休假日期的卡片

（由老师来做，同一日期做两张卡片，按照学生的人数来做。）

1 老师把写有休假日期的卡片随机发给学生们。

2 学生们围成圆圈来坐，向可能和自己是同一个日期的学生提问。

因为是围成圆圈来坐，所以提问按照顺时针方向来进行。

　　例A：～さんの　お休みは　いつですか。

　　　B：～月　～日から　～月　～日までです。

3 如果对方和自己日期相同，请回答"私もです"。最先猜到的人是第一名。

4 如果猜错了，只能等下一次。

5 老师给最晚猜到的学生以适当的处罚。

5 ラーメンは ありますか

小林去了日本食品专卖店。

林 : あの…日本人の 店員さんも いますか。

店員 : あ、はい、お客さま。

林 : すみません。カップラーメンは ありますか。

店員 : ええ、こちらに あります。

林 : 一つ いくらですか。

店員 : 1,300 ウォンです。

林 : じゃ、ラーメン 三つと ビール 三本ください。

店員 : はい、ありがとうございます。全部で 10,200 ウォンです。

林　　　　　店員

店員　　　　　林

词汇表

会话

にほんじん（日本人）④（名）日本人	てんいん（店員）⓪（名）店员
おきゃくさま（お客さま）（表示敬称）客人	～さま（表示尊称）先生，小姐
カップラーメン 桶装方便面	ひとつ（一つ）②（名）一个
いくらですか 多少钱	～と～　～和～
ください③　请给我	ありがとうございます（感）谢谢
ぜんぶ（全部）①　全部	ぜんぶで（全部で）全部，所有，一共

句型练习

とけい（時計）⓪（名）钟表	やくそく（約束）⓪（名・動3）约定
テーブル⓪（名）桌子	はな（花）②（名）花
カレンダー②（名）日历	テレビ①（名）电视
ドア①（名）门	エレベーター③（名）电梯
どうも①　谢谢（「どうもありがとうございます」的省略表达）	ビル①（名）大厦
	くすりや（薬屋）⓪（名）药店
ちかてつ（地下鉄）⓪（名）地铁	えき（駅）①（名）车站
デパート②（名）百货商店	コピーき（コピー機）（名）复印机
となり⓪（名）邻居	へや（部屋）②（名）房间

听力练习

ジュース①（名）果汁	コイン①（名）硬币
ひと（人）⓪（名）人	こいぬ（子犬）⓪（名）小狗

用日语做游戏

ソフトクリーム⑤（名）圆筒冰激凌	チョコレート③（名）巧克力
じかん（時間）⓪（名）时间	

语法要点

1

～が あります   有～，在～
～は ありません   没有～，不在～

▶ "あります（ある）" 表示无生命的事物以及植物的存在。

けいたいが あります。有手机。

時間<ruby>時間<rt>じ かん</rt></ruby>が あります。有时间。

<ruby>私<rt>わたし</rt></ruby>の パソコンは ありません。没有我的电脑。

<ruby>授業<rt>じゅぎょう</rt></ruby>は ありません。没课。

2

～が います   有～，在～
～は いません   没有～，不在～

▶ "います（いる）" 表示人或动物的存在。

<ruby>恋人<rt>こいびと</rt></ruby>が います。有男（女）朋友。

<ruby>兄弟<rt>きょうだい</rt></ruby>は いません。没有兄弟姐妹。

ペットは いますか。你有宠物吗？

3

～に   在～

あそこに <ruby>私<rt>わたし</rt></ruby>の <ruby>車<rt>くるま</rt></ruby>が あります。那边有我的车。

<ruby>日本<rt>に ほん</rt></ruby>に <ruby>友達<rt>ともだち</rt></ruby>が <ruby>一人<rt>ひとり</rt></ruby> います。在日本有一个朋友。

A：<ruby>公衆電話<rt>こうしゅうでん わ</rt></ruby>は どこに ありますか。公用电话在哪里？

B：コンビニの <ruby>前<rt>まえ</rt></ruby>に あります。在便利店的前面。

<ruby>上<rt>うえ</rt></ruby>（上面） <ruby>下<rt>した</rt></ruby>（下面） <ruby>前<rt>まえ</rt></ruby>（前面） <ruby>後ろ<rt>うし</rt></ruby>（后面） <ruby>中<rt>なか</rt></ruby>（中间）
<ruby>外<rt>そと</rt></ruby>（外面） <ruby>横<rt>よこ</rt></ruby>（旁边）

4 ［疑问词］＋か
［疑问词］→なに／だれ／どこ／どれ／いつ

A：何か　ありますか。有什么东西吗？

B：はい、あります。是，有。

　　いいえ、何も　ありません。不，什么也没有。

誰か　いますか。有谁在吗？

車の　下に　何か　います。车底下有什么东西。

どこか（什么地方）　　　いつか（什么时候）　　　どれか（哪一个）

5 ください

コーヒーと　アイスティー　ください。请给我咖啡和冰茶。

生ビール　ふたつと　焼きとり　ください。请给我两杯生啤和烤鸡肉串。

もう　ひとつ　ください。请再给我一个。

数词（助数詞）

	～人（～人）	～个	～张（～枚）	～册（～冊）	～杯（～杯）	～瓶／支（～本）
1	ひとり	ひとつ	いちまい	いっさつ	いっぱい	いっぽん
2	ふたり	ふたつ	にまい	にさつ	にはい	にほん
3	さんにん	みっつ	さんまい	さんさつ	さんばい	さんぼん
4	よにん	よっつ	よんまい	よんさつ	よんはい	よんほん
5	ごにん	いつつ	ごまい	ごさつ	ごはい	ごほん
6	ろくにん	むっつ	ろくまい	ろくさつ	ろっぱい	ろっぽん
7	しちにん	ななつ	ななまい	ななさつ	ななはい	ななほん
8	はちにん	やっつ	はちまい	はっさつ	はっぱい	はっぽん
9	きゅうにん	ここのつ	きゅうまい	きゅうさつ	きゅうはい	きゅうほん
10	じゅうにん	とお	じゅうまい	じゅっさつ	じゅっぱい	じゅっぽん
11	じゅういちにん	じゅういち	じゅういちまい	じゅういっさつ	じゅういっぱい	じゅういっぽん
12	じゅうににん	じゅうに	じゅうにまい	じゅうにさつ	じゅうにはい	じゅうにほん
几	なんにん	いくつ	なんまい	なんさつ	なんばい	なんぼん

句型练习

请仿照例句造句。（1～2题）

1

> **例** 車（くるま）／はい（いいえ）
>
> A：車（くるま）は　ありますか。
>
> B：はい、車（くるま）が　あります。（いいえ、車（くるま）は　ありません。）

①パソコン／いいえ　　②恋人（こいびと）／はい　　　　③ペット／いいえ

④時計（とけい）／いいえ　　⑤約束（やくそく）／はい

2

> **例**　トイレ／エレベーターの横（よこ）
>
> A：すみません。トイレは　どこに　ありますか。
>
> B：エレベーターの　横（よこ）に　ありますよ。
>
> A：どうも。

①バス停（てい）／あの　ビルの　前（まえ）　　②薬屋（くすりや）／この　地下（ちか）

③地下鉄（ちかてつ）の　駅（えき）／デパートの　前（まえ）　　④コピー機（き）／ドアの　横（よこ）

⑤キムさん／となりの　部屋（へや）　　⑥店員（てんいん）さん／あそこ

请看下面的图画，仿照例句造句。（3～4题）

32

5

3 例　電話→テーブルの　上に　電話が　あります。

①花　　　②犬　　　③子供　　　④傘　　　⑤カレンダー

4 例　電話→A：電話は　どこに　ありますか。

B：電話は　テーブルの　上に　あります。

①花　　　②犬　　　③子供　　　④傘　　　⑤カレンダー

听力练习

请仔细听内容，选择正确的答案。

1. 买几个、什么样的东西？

①ラーメン　ひとつと　ジュース　ふたつ

②ラーメン　ふたつと　ジュース　ひとつ

③ラーメン　ひとつと　ジュース　ひとつ

2. 有什么？

①コインが　あります。　　②人が　います。　　③子犬が　います。

用日语做游戏

1 这里是快餐店。一个学生扮演客人，在下面的菜单里点自己想吃的东西；另一个学生扮演服务员，接受客人的点菜。

学生A ⑩

すみません。チーズバーガー　ひとつと　コカコーラ　スモール　ひとつと
ビスケット　ふたつ　ください。

2 扮演服务员的学生听清点菜，然后对照菜单的价格，算出总额告诉客人。

学生B ⑩

はい。
チーズバーガー　ひとつと　コカコーラ　スモール　ひとつと　ビスケット
ふたつですね。ありがとうございます。全部で480円です。

メニュー

ハンバーガー ￥80	チーズバーガー ￥120	チキンバーガー ￥150
てりやきバーガー ￥190	アップルパイ ￥150	ビスケット ￥100
フライドポテト　　　　(S) ￥150　　　(R) ￥240　　　(L) ￥290		
ナゲット　　　　5℗￥190　　　9℗￥300　　　16℗￥500		
シェイク（ストロベリー／チョコレート／バニラ）￥200		
コカコーラ／ファンタ／オレンジジュース／アイスコーヒー／アイスティー 　　　　　　　(S) ￥160　　　(R) ￥180　　　(L) ￥200		
ホットコーヒー／ホットティー／ホットココア／スープ　￥180		
ソフトクリーム　￥100		

34

6 一杯 飲みませんか

小林正在给金由理打电话。

林：もしもし、林です。

キム：林さん、こんにちは。

林：こんにちは。今日は　授業、何時に　終わりますか。

キム：もう　終わりました。

林：じゃ、これから　何を　しますか。

キム：うーん…、家に　帰ります。

林：じゃ、家の　近くの　店で　一杯　飲みませんか。

　　　パクさんと　三人で。

キム：ええ。飲みましょう。じゃあ、家の　近くの　バス停で　電話します。

林　　　　　　　キム

林　　　　　　　キム

词汇表

会话

もしもし① （感）喂	こんにちは⑤　你好
～に（格助）在～（表示存在的场所）	おわる（終わる）⓪（動1）结束
もう①（副）已经	これから④⓪（連語）从现在起
～を（格助）表示动作的目的或对象	する⓪（動3）做
いえ・うち（家）②（名）家	かえる（帰る）①（動1）回
ちかく（近く）（名）附近	みせ（店）⓪（名）店
～で（格助）在～（表示动作进行的场	いっぱい①（名）一杯
所或范围）	のむ（飲む）①（動1）喝
さんにんで（三人で）三个人一起	

句型练习

がっこう（学校）⓪　学校	にほんごがっこう（日本語学校）（名）日语学校
メール①（名）电子邮件	かく（書く）①（動1）写
テープ①（名）磁带	きく（聞く）⓪（動1）听
ニュース①（名）新闻	みる（見る）①（動2）看
ちょっと①⓪（副）稍微，暂时	やま（山）②（名）山

听力练习

～ね（終助）是吧	おひる（お昼）（名）中午

用日语做游戏

カラオケ⓪（名）卡拉OK	おんせん（温泉）⓪（名）温泉

语法要点

1 日语的动词

1类动词：～u

（以う段结尾。但是以る结尾的动词其前边的假名必须是「あ」「う」「お」段上的。）

例 買う（买） 行く（去） 休む（休息） 始まる（开始）

2类动词：～iる／～eる

例 起きる（起床） 寝る（睡觉） 食べる（吃）

3类动词：来る（来） する（做） 动作性名词＋する（做～，干～）

2 ～ます   郑重形

1类动词

	活用规则	动词 举例				
基本形	～u	かう	いく	やすむ	はじまる	ある
郑重形	～iます	かいます	いきます	やすみます	はじまります	あります

2类动词

	活用规则	动词 举例			
基本形	～i／eる	おきる	ねる	たべる	いる
郑重形	～i／eます	おきます	ねます	たべます	います

3类动词

来る（来）→来ます（来）

する（做）→します（做）

勉強する（学习）→勉強します（学习）

时态

现	肯定	是~	~ます	やすみます	たべます
在	否定	不是~	~ません	やすみません	たべません
过	肯定	是~（过去式）	~ました	やすみました	たべました
去	否定	不是~（过去式）	~ませんでした	やすみませんでした	たべませんでした

3 [时间] に　　　　　　　　　　　　　　在~

授業は　何時に　始まりますか。几点开始上课？

今朝、6時半に　起きました。今天早晨六点半起床。

4 [地点] へ／（に）　　　　　去（方向）／去（地方）

これから　どこへ／に　行きますか。现在去哪儿？

何時に　家へ／に　帰りますか。几点回家？

土曜日も　ここへ／に　来ますか。星期六来这儿吗？

5 [手段] で　　　　　　　　　　　用~，以~

何で　行きますか。坐什么去？

いつもは　車で　帰ります。でも、昨日は　地下鉄で　帰りました。
一般开着车回去。可是，昨天坐地铁回去了。

インターネットで　勉強します。通过因特网学习。

6 〜を 表示动作的目的或对象

A：お酒を　飲みますか。喝酒吗？

B：いいえ、お酒は　飲みません。不，不喝酒。

今朝、新聞を　読みましたか。今天早晨看报纸了吗？

昨日は　テレビを　見ませんでした。昨天没看电视。

7 ［地点］で 在〜

どこで　服を　買いますか。在哪儿买的衣服？

本屋で　友達に　会います。在书店见朋友。

子供の　時は、公園で　よく　遊びました。小时候经常在公园玩儿。

8 〜ませんか／〜ましょう 不〜吗？／一起〜吧

A：今晩、飲みませんか。今晚喝一杯去吗？

B：ええ。飲みましょう。好啊，去喝吧。

いっしょに　行きませんか。一起去好吗？

今度　いっしょに　食事しませんか。这次一起吃饭好吗？

句型练习

1 看图说日语。

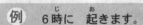

例 6時に 起きます。

例 6:00 ❶ 8:00 ❷ 12:00 ～ 1:00 ❸ 5:00 ❹ 7:00

请仿照例句造句。（2～5题）

2 例 何時・起きる／7時

A：昨日、何時に 起きましたか。　B：7時に 起きました。

①何時・寝る／12時　　　　　　②何時・帰る／8時

③何時～何時・働く／9時～7時　　④何時～何時・勉強する／4時～6時

3 例 日本語学校・来る／バス

A：何で 日本語学校へ 来ますか。　B：バスで 日本語学校へ 来ます。

  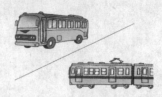

①会社・行く／バス　　②デパート・行く／車　　③家・帰る／バスと 地下鉄

4

> 例　お酒・飲む／はい（いいえ）
>
> A：昨日、お酒を　飲みましたか。
> B：はい、お酒を　飲みました。（いいえ、お酒は　飲みませんでした。）

①メール・書く／はい　　　　　②テープ／聞く／いいえ
③日本語・勉強する／はい　　　④ニュース・見る／いいえ
⑤新聞・読む／いいえ

5

> 例　明日、飲む／はい（いいえ）
>
> A：明日、飲みませんか。
> B：はい→ええ、飲みましょう。（いいえ→すみません。明日は　ちょっと…。）

①映画を　見る／はい
②山に　行く／いいえ
③今度　いっしょに　食事する／はい

听力练习

请仔细听内容，选择正确答案。

1. ①木村さんは　家に　帰りました。
   ②木村さんは　これから　家に　帰ります。
   ③木村さんは　今、ここに　います。

2. ①パクさんは　お昼を　食べませんでした。
   ②チョンさんは　お昼を　もう　食べました。
   ③イさんは　お昼を　食べました。

问候语的语源

日语的问候语是如何形成的？让我们了解一下经常使用的几种问候语吧。

（1）おはよう

起源于"おはやく(快点)"，发生了音便现象（为了方便发音的现象）。也就是说源于"您起来得真早呀！"、"您真早呀！"等句子。

（2）こんにちは

可以看作是省略"今日は　ご機嫌いかがですか（今天心情怎么样？）"等问候语的后半部分而形成的。所以"こんにちは"的"は"是助词，应该发［wa］的音。

（3）こんばんは

可以看作是省略"今晩は　いい晩ですね（今晚真是一个美好的夜晚呀！）"的后半部分而形成的。所以"こんばんは"的"は"也是助词。

（4）ありがとう

起源于"有り難い(您为我做了非常难得、罕见的事，真是非常感谢)"，发生了音便现象，由"ありがたう"变为"ありがとう"。

汉语和英语问候语的语源是什么呢？与日语比较一下会很有趣吧。

用日语做游戏

アクティビティー

1 请大家制作自己下星期的日程表。

		月	火	水	木	金	土	日
am	8							
	9							
	10							
	11							
	12							
pm	1							
	2							
	3							
	4							
	5							
	6							
	7							
	8							
	9							
	10							

2 请选择自己日程表的空白日期，和其他同学约好日期见面。

〈约会内容〉

例デパートに 行く／お酒を 飲む／食事する／映画を 見る／
　コンサートに 行く／カラオケに 行く／温泉に 行く

〈疑问句的形式〉

星期六有空闲时间的学生・デパートに 行く
→土曜日、いっしょに デパートに 行きませんか。

3 请被提问的同学确认自己的日程表。

如果日程表是空的⇒ええ、いっしょに 行きましょう。

如果日程表是满的⇒すみません。その 日は ちょっと…。

4 如果拒绝，请简单说明理由。

例仕事が あります／授業が あります／友達に 会います／アルバイトを
　します…

43

7 安くて おいしい 店

小林和山田的丈夫李汉淑正在公司里交流。

イ：もう、昼休み<ruby>昼休み<rt>ひるやす</rt></ruby>ですね。お昼<ruby>昼<rt>ひる</rt></ruby>、いっしょに 食べ<ruby>食<rt>た</rt></ruby>ませんか。

林<ruby>林<rt>はやし</rt></ruby>：ええ、食べ<ruby>食<rt>た</rt></ruby>ましょう。

イ：この ビルの 地下<ruby>地下<rt>ちか</rt></ruby>に 安くて<ruby>安<rt>やす</rt></ruby> おいしい 店<ruby>店<rt>みせ</rt></ruby>が ありますが、どうですか。

林<ruby>林<rt>はやし</rt></ruby>：いいですね。行きましょう。

看餐厅的菜单

林<ruby>林<rt>はやし</rt></ruby>：メニューが たくさん ありますね。 この「ナッチ」は 何<ruby>何<rt>なん</rt></ruby>ですか。

イ：小さい<ruby>小<rt>ちい</rt></ruby> たこです。

林<ruby>林<rt>はやし</rt></ruby>：そうですか。じゃ、「ナッチポックム」は どんな 料理<ruby>料理<rt>りょうり</rt></ruby>ですか。

イ：とても 辛い<ruby>辛<rt>から</rt></ruby> 料理<ruby>料理<rt>りょうり</rt></ruby>ですよ。

林<ruby>林<rt>はやし</rt></ruby>：あ、いいですね。今日<ruby>今日<rt>きょう</rt></ruby>は これを 食べ<ruby>食<rt>た</rt></ruby>ます。

林　イ　　　　　　林　イ

词汇表

会话

ひるやすみ（昼休み）③（名）午休	やすい（安い）②（イ形）便宜
おいしい◎③（イ形）好吃	～（です・ます）が（接続助詞）连接叙述句及引
どうですか 怎么样	申叙述句
いい①（イ形）好	メニュー①（名）菜单
たくさん◎（副）多	ちいさい（小さい）③（イ形）小
たこ①（名）章鱼	どんな①（連体）什么样的
りょうり（料理）①（名）饭菜	とても◎（副）非常
からい（辛い）②（イ形）辣	

句型练习

ところ（所）◎（名）地方	かんこくご（韓国語）◎（名）韩语
さしみ③（名）生鱼片	いろ（色）②（名）颜色

听力练习

あさ（朝）①（名）早晨

用日语做游戏

かお（顔）◎（名）脸	まるい（丸い）◎②（イ形）圆
しかくい（四角い）③（イ形）方形	まえがみ（前がみ）◎（名）头发帘儿，刘海儿
かみ②（名）头发	め（目）①（名）眼睛
はな（鼻）◎（名）鼻子	くち（口）◎（名）嘴

语法要点

1 　～い＋［名词］　　　　　　　　　　　　　　　　　　修饰名词

いい　天気ですね。天气真好啊。

毎晩、冷たい　ビールを　飲みます。每天晚上喝冰镇啤酒。

A：どんな　映画ですか。什么样的电影？

B：おもしろい　映画です。是有趣的电影。

2 　～い　です

明日、忙しいですか。明天忙吗？

チェジュドは　景色が　とても　いいです。济州岛风景很美。

3 　～い→～く　ありません　　　　　　　　　　　　　　不～

今日は　あまり　寒く　ありませんね。今天不太冷啊。

この　服は　デザインが　よく　ありません。这衣服款式不太好。

それも　悪く　ありませんね。那个也不坏。

4 　～い→～くて　　　　　　　　　　　　　　　　并且（句子的中顿）

私の　友達は　頭が　よくて　かわいいです。我的朋友又聪明又可爱。

先生は　面白くて　優しい　方です。老师是既风趣又亲切的人。

5 ［郑重形］＋が　　　　　　　　　　　　　（表示转折）但是～

ちょっと　高_{たか}いですが、おいしいです。有点贵，但好吃。

ビールは　飲_のみますが、しょうちゅうは　飲_のみません。

喝啤酒，但不喝烧酒。

イ形容词基本形

おいしい（好吃）	おもしろい（有趣）	難_{むずか}しい（困难）	忙_{いそが}しい（忙）
大_{おお}きい（大）	小_{ちい}さい（小）	高_{たか}い（贵）	安_{やす}い（便宜）
寒_{さむ}い（冷）	暖_{あたた}かい（暖和）	暑_{あつ}い（热）	涼_{すず}しい（凉快）
冷_{つめ}たい（凉）	優_{やさ}しい（亲切）	長_{なが}い（长）	短_{みじか}い（短）
新_{あたら}しい（新）	古_{ふる}い（旧）	悪_{わる}い（坏）	いい（好）
明_{あか}るい（明亮）	暗_{くら}い（暗）	広_{ひろ}い（宽广）	狭_{せま}い（狭窄）
強_{つよ}い（强）	弱_{よわ}い（弱）	きたない（脏）	

句型练习

请仿照例句造句。

1

例　本／難しい

A：どんな　本ですか。
B：難しい　本です。

①映画／おもしろい　　②料理／辛い　　③所／暑い
④部屋／明るい　　　　⑤人／優しい

2

例　キムさんの　部屋・広い／いいえ、あまり

A：キムさんの　部屋は　広いですか。
B：いいえ、あまり　広く　ありません。

①キムさんの　けいたい・新しい／いいえ、あまり
②明日の　天気・いい／いいえ、あまり
③この　本・おもしろい／はい、とても
④韓国語・難しい／はい、とても
⑤今日・忙しい／いいえ、あまり

3

例　きょうは　暖かくて　天気が　いいです。
　　（暖かい＋天気が　いい）

①私の　友達は＿＿＿＿＿＿＿＿＿＿＿＿＿＿＿＿＿＿＿です。
　　　　　　　　　　　　（優しい＋おもしろい）

②私の　部屋は＿＿＿＿＿＿＿＿＿＿＿＿＿＿＿＿＿＿＿です。
　　　　　　　　　　　　（広い＋明るい）

③この　ビルは＿＿＿＿＿＿＿＿＿＿＿＿＿＿＿＿＿＿＿です。
　　　　　　　　　　　　（古い＋きたない）

④プサンは＿＿＿＿＿＿＿＿＿＿＿＿＿＿＿＿＿＿＿ところです。
　　　　　　　　　　　　（さしみが　安い＋おいしい）

⑤この　服は＿＿＿＿＿＿＿＿＿＿＿＿＿＿＿＿＿＿＿です。
　　　　　　　　　　　　（色が　いい＋かわいい）

听力练习

下面的图画说明了什么内容？请仔细听录音，选择与号码相符的图画，并写下号码。

（　）　　　　　　　（　）　　　　　　　（　）

（　）　　　　　　　（　）　　　　　　　（　）

色彩

・具有形容词和名词两种表达形式的颜色

形容词：赤い　黄色い　青い　茶色い　白い　黒い

名　词：赤　黄色　青　茶色　白　黒

・除了上述之外的颜色用名词表示

だいだい色（オレンジ色）　緑（緑色）　黄緑（黄緑色）　紫（紫色）

桃色（ピンク色）　水色

用日语做游戏

A　1. 请参考相关语句，在每个选项中选出一个，画出人脸的样子。

2. 请把两个选项合并为一个句子来说明所画的人脸的样子。

例 顔_{かお}は　丸_{まる}くて、かみは　長_{なが}いです。

B　请听说明，试着画出来。

请确认自己画的人脸与朋友画的是否相同。

相关语句

①顔_{かお}：丸_{まる}い　四角_{しかく}い　長_{なが}い　大_{おお}きい　小_{ちい}さい

②前_{まえ}がみ：あります　ありません

③かみ：長_{なが}い　短_{みじか}い

④目_め：大_{おお}きい　小_{ちい}さい

⑤鼻_{はな}：高_{たか}い　低_{ひく}い　大_{おお}きい　小_{ちい}さい

⑥口_{くち}：大_{おお}きい　小_{ちい}さい

金由理正在问小林家里人的情况。

キム：林さんは　何人　家族ですか。

林　：四人　家族です。父と　母と　妹が　います。

キム：妹さんは　学生さんですか。

林　：ええ。キムさんと　同い年ですよ。

キム：へえ。どんな　方ですか。

林　：体は　小さいですが、食べるのが　好きで、とても　元気な　人です。

キム：食べるのが　好きですか。お料理も　上手ですか。

林　：いいえ、料理は　あまり　上手じゃ　ありません。

林　　　　　　　　キム

林　　　　　　　　キム

词汇表

会话

かぞく（家族）① （名）家属，家族	なんにんかぞく（何人家族）几口人
ちち（父）②① （名）爸爸（自谦的表达）	はは（母）① （名）妈妈（自谦的表达）
いもうと（妹）④ （名）妹妹	いもうとさん（妹さん）（名）令妹
おないどし（同い年）② （名）同岁	からだ（体）⓪ （名）身体
すきだ（好きだ） 喜欢	げんきだ（元気だ） 健康，活泼
じょうずだ（上手だ） 擅长	

句型练习

もの（物）②⓪ （名）东西，物品	おとこ（男）③ （名）男（只表示性别）
おとこのひと（男の人）男子，男性	かんこく（韓国）① 韩国
むかし（昔）⓪ （名）从前	

语法要点

1 ～だ→［～な］＋［名词］　　　　　　　　　　　修饰名词

A：どんな　所ですか。是个什么样的地方？

B：有名な　所です。是个有名的地方。

すてきな　人が　いますか。有帅气的人吗？

静かな　喫茶店で　コーヒーを　飲みました。

在清静的咖啡馆喝了咖啡。

2 ～だ→～です　　　　　　　　　　　　　　　　　是～

お元気ですか。身体好吗？

お仕事、大変ですか。工作辛苦吗？

日曜日は　暇です。星期天有空。

3 ～だ→～じゃ　ありません　　　　　　　　　　　不～

私の　部屋は　あまり　きれいじゃ　ありません。我的房间不太干净。

ハンサムじゃ　ありませんが、やさしくて　まじめな　人です。

长得不帅，但是个温和诚实的人。

4 ～が　すきです↔～が　きらいです　　　　喜欢～↔讨厌～
～が　じょうずです↔～が　へたです　　　擅长～↔不擅长～

旅行が　好きです。喜欢旅行。

歌が　上手です。擅长唱歌。

5 ～だ→～で　　　　　　　　　　　　　　　　並且（句子的中顿）

ここは　交通が　便利で、にぎやかな　ところです。

这儿是个交通方便且繁华的地方。

私の　妻は　きれいで、料理が　上手で、優しくて、素敵な　人です。

我的妻子长得漂亮，做菜手艺好，是个善良出众的人。

6 [动词基本形]＋の　　　　　　　　　　　　　　　～的（动词的名词句）

スポーツを　見るのは　好きですが、するのは　好きじゃ　ありません。

我喜欢看体育运动，但不喜欢运动。

ナ形容词基本形

有名だ（有名）	親切だ（热情）	まじめだ（诚实）
元気だ（精力充沛，健康）	にぎやかだ（热闹，繁华）	静かだ（安静）
暇だ（闲暇）	きれいだ（漂亮，干净）	便利だ（方便）
素敵だ（漂亮，有魅力）	大変だ（辛苦）	ハンサムだ（帅）
好きだ（喜欢）	嫌いだ（讨厌）	上手だ（擅长）
下手だ（拙劣）		

家人

	自己家	别人家		自己家	别人家
爷爷、姥爷	祖父	おじいさん	妹妹	妹	妹さん
奶奶、姥姥	祖母	おばあさん	丈夫	主人・夫	ご主人
爸爸	父	お父さん	妻子	家内・妻	奥さん
妈妈	母	お母さん	孩子	子・子供	お子さん
哥哥	兄	お兄さん	女儿	娘	娘さん／おじょうさん
姐姐	姉	お姉さん	儿子	息子	息子さん
弟弟	弟	弟さん	孙子、孙女	孫	お孫さん

句型练习

请仿照例句造句。

1

例　学校（がっこう）／有名（ゆうめい）だ

A：どんな　学校（がっこう）ですか。
B：有名（ゆうめい）な　学校（がっこう）です。

①人（ひと）／まじめだ　　　②所（ところ）／にぎやかだ　　　③店（みせ）／きれいだ
④仕事（しごと）／大変（たいへん）だ　　　⑤物（もの）／便利（べんり）だ

2

例　デパートの　店員（てんいん）・親切（しんせつ）だ／はい、とても

A：デパートの　店員（てんいん）は　親切（しんせつ）ですか。
B：はい、とても　親切（しんせつ）です。

①キムさんの　友達（ともだち）・ハンサムだ／はい、とても
②バスの　中（なか）・静（しず）かだ／いいえ、あまり
③明日（あした）・暇（ひま）だ／はい、とても
④キムさんの　部屋（へや）・きれいだ／いいえ、あまり
⑤イさん・歌（うた）が　上手（じょうず）だ／いいえ、あまり

3

例　ここは　<u>にぎやかで　有名（ゆうめい）な</u>　ところです。
　　　　　　（にぎやかだ＋有名（ゆうめい）だ）

①＿＿＿＿＿＿＿＿＿＿＿＿＿＿＿＿＿＿＿＿男（おとこ）の　人（ひと）が　好（す）きです。
　　　　　（親切（しんせつ）だ＋おもしろい）

②私（わたし）の　兄（あに）は＿＿＿＿＿＿＿＿＿＿＿＿＿＿＿＿人（ひと）です。
　　　　　　　（スポーツが　上手（じょうず）だ＋素敵（すてき）だ）

③韓国（かんこく）の　地下鉄（ちかてつ）は＿＿＿＿＿＿＿＿＿＿＿＿＿＿＿です。
　　　　　　　　　（きれいだ＋便利（べんり）だ）

④昔（むかし）、私（わたし）は＿＿＿＿＿＿＿＿＿＿＿＿＿＿＿＿子供（こども）でした。
　　　　（本（ほん）を　読（よ）むのが　好（す）きだ＋歌（うた）が　上手（じょうず）だ）

听力练习

请仔细听各位理想中的人物的类型。并把相应的形容词的符号写下来。

a. まじめだ	b. 元気（げんき）だ	c. 静（しず）かだ	d. 小（ちい）さい	e. 短（みじか）い
f. 長（なが）い	g. かわいい	h. 優（やさ）しい	i. おもしろい	j. 上手（じょうず）

1. _____

2. _____

3. _____

4. _____

"元気"和"健康"以及"うなぎ"

"元気だ"的重点在精神方面，而"健康だ"的重心则在保养身体方面。"为了健康……"这句话其实就是"为了好好保养身体……"的意思，所以还是说"健康のために～"比较好。立春、立夏、立秋、立冬前的18天都叫做"土用"。所以有"春の土用"、"夏の土用"（立秋的前18天，暑伏）、"秋の土用"、"冬の土用"，但是现在只有"夏の土用"比较为人所知。在18天的"土用"日子中，如果碰到十二地支的"丑日"的话，就叫做"土用丑の日"。日本人有在夏天的"土用丑の日"吃鳗鱼的习惯。关于吃鳗鱼这一风俗的来历有好几种说法，据说江户时代有一家鳗鱼店生意不太好，于是他们请教了被称为"万事通博士"的平贺源内，并决定利用在"丑日"吃以"う"开头的食物对身体好的民间传说来进行宣传。百姓们都相信"万事通博士"的话，结果生意好了起来，其他的"うなぎ屋（鳗鱼店）"也都争相效仿，于是留下了这样的民间风俗。除此以外还有其他几种说法，并且都有很多证据，也许这就是这一风俗流传至今的原因吧。

用日语做游戏

アクティビティー

1 请同学们按照下面的句型，写下自己喜欢的、讨厌的、擅长的、不熟练的事物以及自己的性格特征。

①～が 好きです。　　②～が 嫌いです。　　③～が 上手です。

④～が 下手です。　　⑤私は ～人です。

2 写完以后，请同学们在纸上写好名字，交给任课老师。

3 请老师读出每一张纸上的内容。

4 请同学们猜猜老师说的是谁。这时被猜的同学要保持安静，也不要放烟雾弹加以遮掩。

小林和小朴正在谈论小时候的事。

林：もう すぐ 子供の 日ですね。パクさんは 小さい 時、どんな 子供で

した か。

パク：私ですか。そりゃあ 元気で、かわいくて、何でも 上手な 子供でしたよ。

林：はい、はい。私は 漫画を 読むのが 好きで、静かな 子供でした。

パク：そうでしたか。林さんは 漫画と アニメと どちらが 好きでしたか。

林：漫画の 方が 好きでした。

子供の 時は アニメより 漫画の 方が おもしろかったです。

パク：そうでしたか。私は 家で 遊ぶのは 好きじゃ ありませんでした。

外で 遊ぶのが いちばん 楽しかったです。

58

词汇表

会话

もうすぐ 马上就要

そりゃあ 那当然

まんが（漫画）⓪（名）漫画

ほう（方）①（名）（用于比较）这一方面

いちばん⓪（副）最

ちいさいとき（小さい時）小时候

なんでも（何でも）⓪①（副）什么都

アニメ①⓪（名）动画片

より⓪（格助）比

たのしい（楽しい）③（イ形）愉快

句型练习

たべもの（食べ物）③②（名）食物

にほん（日本）②（名）日本

いちねん（一年）②（名）一年

ぶっか（物価）⓪（名）物价

おちゃ（お茶）（名）茶（主要指绿茶）

かしゅ（歌手）①（名）歌手

听力练习

まえ（前）①（名）前面，前方

用日语做游戏

～かん（間）（接尾）期间

と（格助）和～（一起）

语法要点

1 ～い→～かったです　　　　　　　　イ形容词的过去肯定形

今日は　とても　楽しかったです。今天非常愉快。

昨日の　合コン、よかったですか。昨天的联谊会很棒吗？

2 ～い→～く　ありませんでした　　　イ形容词的过去否定形

昨日の　映画は　あまり　おもしろく　ありませんでした。

昨天的电影不太好看。

先週は　天気が　よく　ありませんでした。上星期天气不太好。

3 ～だ→～でした　　　　　　　　　　ナ形容词的过去肯定形

A：ホテルは　どうでしたか。饭店怎么样？

B：静かで、とても　きれいでした。又安静又干净。

4 ～だ→～じゃ　ありませんでした　　ナ形容词的过去否定形

今は　キムチが　好きですが、昔は　好きじゃ　ありませんでした。

现在喜欢吃辣白菜，但以前不喜欢。

5 ～と　～と　どちらが～か　　　　　　　～和～哪一个～？
　　　～の　方が～　　　　　　　　　　　　　　　　～更～

A：韓国料理と　日本料理と　どちらが　好きですか。

　　韩国料理和日本料理更喜欢哪一种？

B：韓国料理の　方が　好きです。更喜欢韩国料理。

A：韓国では、ホテルと　旅館と　どちらが　安いですか。

　　在韩国，饭店和旅馆哪个更便宜？

B：旅館の　方が　安いです。旅馆更便宜。

6 ～で［疑问词］が　いちばん～か　　　　　在～中～最～？

▶ ［疑问词］→なに／だれ／どこ／どれ／いつ

A：日本で　どこが　いちばん　にぎやかですか。

　　在日本什么地方最热闹？

B：東京が　いちばん　にぎやかです。

　　东京最热闹。

A：日本料理の　中で　何が　いちばん　有名ですか。

　　日本料理当中什么菜最有名？

B：すしが　いちばん　有名です。

　　寿司最有名。

7 ［疑问词］＋でも　　　　　　　　　　　　无论～

何でも　いいですよ。什么都可以。

どこでも　かまいません。哪儿都没关系。

だれでも（谁都）　どれでも（哪一个都）　いつでも（什么时候都）

句型练习

请仿照例句造句。

1 例　旅行・楽しい／はい、とても

A：旅行は 楽しかったですか。

B：はい、とても 楽しかったです。

①交通・便利だ／いいえ、あまり　②食べ物・おいしい／はい、とても
③物価・安い／いいえ、あまり　④ホテル・きれいだ／はい、とても
⑤昨日・忙しい／いいえ、あまり　⑥仕事・大変だ／いいえ、あまり

2 例　日本語・英語・難しい／英語

A：日本語と 英語と どちらが 難しいですか。

B：英語の 方が 難しいです。

①日本語・英語・上手だ／英語
②日本・韓国・寒い／韓国
③ビール・しょうちゅう・好きだ／ビール
④コーヒー・お茶・いい／コーヒー
⑤地下鉄・バス・便利だ／バス

3 例　韓国・どこ・きれいだ

→韓国で どこが いちばん きれいですか。

①一年の 中・いつ・忙しい　②韓国料理の 中・何・おいしい
③スポーツの 中・何・上手だ　④歌手の 中・誰・好きだ
⑤この 中・どれ・いい

 **听力练习**

请仔细听内容，回答下面的问题。

1. どちらが おもしろいですか。

2. どちらが 便利^{べんり}ですか。

2. どちらが 便利ですか。

3. 今^{いま}は どちらが 好^すきですか。

4. 今^{いま}は どちらが 下手^{へた}ですか。

5. どちらが いいですか。

 **用日语做游戏**

アクティビティー

选择一次曾经做过的旅行，按照下面的顺序造句，然后和朋友们一起讨论。

造句顺序➡ ①いつ、どこを　旅行しましたか。

②何日間でしたか。

③誰と　旅行しましたか。

④何で　行きましたか。

⑤食べ物は　どうでしたか。

⑥そこで　何を　しましたか。

⑦何が　いちばん　よかったですか。

64

10 ゆっくり 休みたいです

小林正在和小朴制定暑假的计划。

パク：会社の 夏休みは いつからですか。

林 ：再来週の 土曜日からです。

パク：私と 同じですね。どこか 遊びに 行きませんか。

林 ：行きたいです。キムさんも さそいませんか。

パク：ええ、そうしましょう。どんな 所が いいですか。

林 ：うーん。静かな 所が いいですね。

　　　きれいな 自然の なかで、ゆっくり 休みたいです。

パク：いいですね。

林 ：おいしい 焼肉と 冷たい ビールも ほしいですね。

パク：じゃ、山で キャンプを するのは どうですか。

林 ：あ、それ、いいですね。

パク　　　　　　林　　　　　　　　林　　　パク

词汇表

会话

かいしゃ（会社）⓪（名）公司	なつやすみ（夏休み）③（名）暑假
さらいしゅう（再来週）⓪（名）下下星期	おなじだ（同じだ）同样
さそう⓪（動1）邀请	そう①（副）那样
しぜん（自然）⓪（名）自然	ゆっくり③（副）慢慢地，充分地
ゆっくりやすむ（ゆっくり休む）好好地休息	やきにく（焼肉）⓪（名）烤肉
キャンプ①（名）野营	

句型练习

にんぎょう（人形）⓪（名）娃娃，偶人	いちにちじゅう（一日中）一整天
ビデオ①（名）录像	かりる（借りる）⓪（動2）借
かえす（返す）①（動1）还	おろす（下ろす）②（動1）放下来
おかねをおろす（お金を下ろす）取钱	おみまい（お見舞い）探望
やまのぼり（山登り）③（名）登山	サッカー①（名）足球
しあい（試合）⓪（名・動3）比赛	ゲーム・ソフト①（名）游戏软件

听力练习

いろいろだ（色々だ）各种各样	こと②（名）事情
まず①（副）首先	てがみ（手紙）⓪（名）信
だす（出す）①（動1）拿出来	ゆうびんきょく（郵便局）③（名）邮局
それから⓪（接続）然后	すぐ①（副）马上
あと（後）①（名）以后	

用日语做游戏

さんぽ（散歩）⓪（名・動3）散步	じてんしゃ（自転車）②⓪（名）自行车
ハイキング⓪（名・動3）远足	ゆうえんち（遊園地）③（名）游乐园
すいぞくかん（水族館）④③（名）水族馆	びじゅつかん（美術館）③（名）美术馆
おしばい（お芝居）⓪（名）戏剧	ちゅうごく（中国）⓪（名）中国
イタリアン②　意大利的，意大利风情的	フランス⓪（名）法国
カクテル①（名）鸡尾酒	

语法要点

1 ～がほしい　　　　　　　　　　　　　　　　　　想要～

私は　お金は　あまり　ほしく　ありません。時間が　ほしいです。

我不太想要钱，想要时间。

子供の　時は、ペットが　とても　ほしかったです。

小时候，我特别想要宠物。

2 [动词ます形]＋たい　　　　　　　　　　　　　　想～

おなかが　すきました。何か　食べたいですね。

肚子饿了。想吃点儿东西。

学生の　時は、早く　卒業したかったです。

学生时，想早点儿毕业。

冷たい　ビールが　飲みたいです。

想喝冰镇啤酒。

週末は、どこへも　行きたく　ありません。家でゆっくり　休みたいです。

周末哪儿都不想去。想在家里好好休息。

3 [动词ます形]＋に　行く（帰る・来る）　　去～（回去～、来～）

どこか　遊びに　行きませんか。

去哪里玩儿玩儿好吗？

忘れ物を　取りに　帰ります。

回来取忘带的东西。

ここへ　何を　しに　来ましたか。

你来这儿干什么？

4　[动作性名词] ＋に　行く（来る）　　　　　　去～（来～）

いっしょに　食事に　行きませんか。

一起去吃饭吧。

今年の　夏休みには、日本へ　旅行に　行きたいです。

今年暑假想去日本旅行。

来週から　出張に　行きます。

下星期开始出差。

昨日、デパートへ　買い物に　行きました。

昨天去百货商店买了东西。

お祭り

日本以地区为单位举行祭祀祖先和本地区神灵的祭祀活动, 这叫做"お祭り"。每个地区祭祀的时间和形式都不一样, 也有的地区是百姓与祭祀祖先和神仙一起欢度的庆祝仪式。

句型练习

请仿照例句造句。

1

例 新しい 車

Q：今、何が ほしいですか。

A：新しい 車が ほしいです。

①

パソコン

②

時間 (じかん)

③

仕事 (しごと)

④

お金 (かね)

⑤

恋人 (こいびと)

2

例 テレビゲーム

Q：子供の 時、何が ほしかったですか。

A：テレビゲームが ほしかったです。

①人形 (にんぎょう)　　　②弟 (おとうと)　　　③私の 部屋 (わたし へや)　　　④ペット

3

例 一日中 寝る (いちにちじゅう ね)

Q：休みの 日に 何が したいですか。(やす ひ なに)

A：一日中 寝たいです。(いちにちじゅう ね)

①おいしい 物を 食べる (もの た)　　　②映画を 見る (えいが み)　　　③恋人に 会う (こいびと あ)

④漫画を 読む (まんが よ)　　　⑤旅行に 行く (りょこう い)

4 例 お昼を食べる

A：お出かけですか。
B：はい、お昼を　食べに　行きます。

①ビデオを　借りる　②本を　返す　③お金を　下ろす　④友達の　お見舞い

5 例 山登り

A：明日、山登りに　行きませんか。
B：いいですね。行きましょう。

①買い物　②お酒を　飲む　③映画を　見る　④おいしい　物を　食べる

6 例 旅行

日本へ　旅行に　行きたいです。

①サッカーの　試合を　見る　②おいしい　ラーメンを　食べる
③ゲーム・ソフトを　買う　④友達に　会う

70

听力练习

请仔细听内容，仿照例句回答问题。

例 郵便局<small>ゆうびんきょく</small>で　手紙<small>てがみ</small>を　出<small>だ</small>しました。

図書館<small>としょかん</small>で＿＿＿＿＿＿＿＿＿＿＿＿＿＿＿＿ました。

喫茶店<small>きっさてん</small>で＿＿＿＿＿＿＿＿＿＿＿＿＿＿＿＿ました。

デパートで＿＿＿＿＿＿＿＿＿＿＿＿＿＿＿＿ました。

友達<small>ともだち</small>の　家<small>いえ</small>で＿＿＿＿＿＿＿＿＿＿＿＿＿＿ました。

日本的大众媒体

・日本的报纸
読売新聞<small>よみうりしんぶん</small>　朝日新聞<small>あさひ</small>　毎日新聞<small>まいにち</small>　日本経済新聞<small>にほんけいざい</small>　産経新聞<small>さんけい</small>

・日本的广播
朝日放送<small>あさひほうそう</small>（ABC）、中部日本放送<small>ちゅうぶにほん</small>（CBC）、テレビ朝日、テレビ東京、東京放送<small>とうきょう</small>（TBS）、日本テレビ放送網<small>もう</small>（NTV）、日本放送協会<small>きょうかい</small>（NHK）、フジテレビ

 # 用日语做游戏

指导

1 请把每两个人分为一组。

2 请学生A从下面罗列的内容中选出自己当天想做的事情并且讲述出来，不用考虑先后顺序。

㋕散歩したいです。	㋕映画を 見に 行きたいです。
散歩する・買い物する	①見る：映画・ミュージカル・お芝居
自転車で ハイキングを する	②食べる：日本料理・韓国料理・中国料理・
遊園地に 行く・コンサートに 行く	イタリアン・フランス料理
水族館に 行く・美術館に 行く	③飲む：おいしい コーヒー・お酒・カクテル

3 请学生B看地图，考虑距离和时间，制定约会过程。

㋕まず、買い物に 行きましょう。それから、…

72

11 プレゼントを あげます

小林在家附近遇到了山田的丈夫李汉淑，两个人正在谈话。

林：それ、何ですか。

イ：プレゼントです。親戚に　もらいました。

林：誕生日でしたか。

イ：いいえ、韓国では　チュソクに、親戚や　知り合い　などに

　　プレゼントを　あげます。

林：あ！日本の　お中元と　同じですね。

イ：そうですか。日本では　何を　あげますか。

林：缶詰めや　ハム　などを　あげます。

イ　　　　　林

イ　　　　　林

73

词汇表

会话

プレゼント② (名) 礼物

しんせき（親戚）⓪ (名) 亲戚

おちゅうげん（お中元）⓪ (名) 中元节
　（阴历 7 月 15 日）

～や（並立助詞）和，等，或

チュソク (名) 中秋节

しりあい（知り合い）⓪ (名) 熟人

かんづめ（缶詰め）③④ (名) 罐头

ハム① (名) 火腿

～など（副助）等等

句型练习

ネックレス① (名) 项链

こうすい（香水）⓪ (名) 香水

听力练习

ふうふ（夫婦）① (名) 夫妻

にほんしゅ（日本酒）⓪ (名) 日本酒

ただいま④⓪ (感) 我回来了

わるいですね（悪いですね）不好意思

ワイン① (名) 葡萄酒

おかし（お菓子）(名) 点心

このまえ（この前）(名) 上次，以前

用日语做游戏

ステレオ⓪ (名) 立体声音响

语法要点

1 ～に ～を あげる　　　　　　　　　　　给（别人）～

私は　母に　カーネーションと　きれいな　カードを　あげました。

我送给了妈妈康乃馨和漂亮的卡片。

恋人に　手作りの　ケーキを　あげたいです。

我想送给恋人自己做的点心。

2 ～に（から）～を　もらう　　　　　　从（别人那里）得到～

高校生の　時まで、私は　母に　お小遣いを　もらいました。

直到高中都是从妈妈那儿拿的零花钱。

キムさんは　会社から　ボーナスを　もらいました。

小金从公司拿了奖金。

3 ～に ～を くれる　　　　　　（别人给我或者我方）～

昨日、友達が　（私に）映画の　チケットを　くれました。

昨天朋友给了我电影票。

友達が　私の妹に　人形を　くれました。

朋友给了我妹妹布娃娃。

あげる	給［別人］
もらう	［从别人那里］得到
くれる	［别人］給［我或我这边的人］

1. [我 ↔ 别人]

私は－（本を　あげる）→田中さん

我－给书→田中

私は←（花を　もらう）－田中さん

我←得到花－从田中

田中さんは－（花を　くれる）→私

田中－给花→我

私　　田中

2. [我方 ↔ 别人]

私の　弟は－（CDを　あげる）→田中さん

我弟弟－给CD→田中

私の　弟は←（ペンを　もらう）－田中さん

我弟弟←得到笔－从田中

田中さんは－（ペンを　くれる）→私の　弟

田中－给笔→我弟弟

私の弟　　田中

3. [别人 ↔ 别人]

キムさんは－（ネクタイを　あげる）→田中さん

小金－给领带→田中

田中さんは←（ネクタイを　もらう）－キムさん

・ 田中←得到领带－小金

キム　　田中

句型练习

1 请看下面的图画，仿照例句，完成①～⑨的句子。

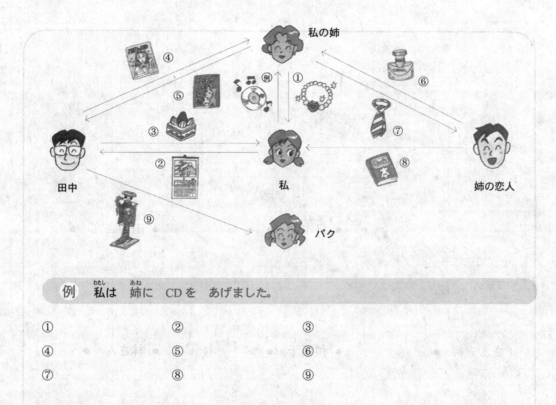

> 例 私は 姉に CD を あげました。

① _____ ② _____ ③ _____
④ _____ ⑤ _____ ⑥ _____
⑦ _____ ⑧ _____ ⑨ _____

2 请扮演上面图中的"私"，回答下面的问题。

> 例 ネックレスは 誰が くれましたか。 ➡ 姉が くれました。

①ケーキは 誰に もらいましたか。 ➡ _____。

②本は 誰が くれましたか。 ➡ _____。

③誰が あなたの お姉さんに 日本の 雑誌を くれましたか。

➡ _____。

④お姉さんの 恋人は 誰に ネクタイを もらいましたか。

➡ _____。

⑤誰が あなたの お姉さんに 香水を くれましたか。

➡ _____。

听力练习

请把李氏夫妇收到的礼物和送出去的礼物用箭头与对方连接起来。

ワイン •

日本酒 •   • 田中さん •
に ほんしゅ   た なか

イさん夫婦 •   • 和菓子 •   • 林さん •
ふう ふ   わ が し   はやし

• 韓国のお菓子 •
かんこく か し

カルビ •   • 中野さん •
なか の

用日语做游戏

アクティビティー

你将要去日本留学。

你希望班里的朋友送你什么礼物呢？

1 请学生 A 写下自己想要的礼物，并把它交给老师。

2 请学生 A 向同学们暗示自己想要的礼物。

例 私は 音楽を 聞くのが 好きです。

暇な 時は 部屋で 音楽を 聞きます。

3 其他的同学按照他的暗示，推测同学 A 想要的礼物并试着讲出来。

例 私は 学生Aさんに ステレオを あげたいです。

4 其他同学都讲完以后，请老师问学生 A。

例 学生A さんは 何を もらいたいですか。

5 请同学 A 告诉同学们正确的答案。

例 私は＿＿＿＿＿＿を もらいたいです。

6 给答对的同学加 1 分。

7 其他的同学也都按照这种方法进行，得分最多的同学成为优胜者。

12 雨が 降って いますね

小朴想去小林的办公室，他正往小林的办公室打电话。

パク：もしもし、林さん？パクです。

林　：ああ、パクさん。今、駅ですか。

パク：はい、今、1番 出口に います。

林　：じゃ、2番 出口まで。行って ください。

パク：2番 出口…。あ、ありました。

林　：じゃ、そこを 出て、まっすぐ 歩いて ください。

パク：はい。あれ？雨が 降って いますね。

林　：傘、ありますか。

パク：いいえ、ありません。

林　：そうですか。じゃ、そこで 少し 待って いて ください。

　　　迎えに 行きますから。

林　　　　　パク

林　　　　　パク

词汇表

会话

~ばん（番）（助数）号

でる（出る）①（動2）出去，出来

あるく（歩く）②（動1）走

ふる（降る）①（動1）下，降下

すこし（少し）②（副）一点，有点，少许

むかえる（迎える）⓪（動2）迎接

でぐち（出口）①（名）出口

まっすぐ②（副）一直

あめ（雨）①（名）雨

あめが ふる（雨が 降る）下雨

まつ（待つ）①（動1）等待

むかえに いく（迎えに行く）去迎接

句型练习

おしえる（教える）⓪（動2）教

あける（開ける）⓪（動2）开

てつだう（手つだう）③（動1）帮忙

さら（皿）⓪（名）盘子

さらを あらう（皿を 洗う）洗盘子

つかれる（疲れる）③（動2）疲倦

いっぱい①（名）满满

つかう（使う）⓪（動1）使用

まだ①（副）还

ごはん（ご飯）①（名）饭

くだもの（果物）②（名）水果

まど（窓）①（名）窗户

かす（貸す）⓪（動1）借给

いそぐ（急ぐ）②（動1）急

あらう（洗う）⓪（動1）洗

しけん（試験）②（名・動3）考试

いたい（痛い）②（イ形）疼

くすり（薬）⓪（名）药

みせる（見せる）②（動2）给……看

そうじ（掃除）⓪（名・動3）打扫

つくる（作る）②（動1）做，造

听力练习

アンケート①③（名）问卷调查

おんな（女）③（名）女（只表示性别）

ピンク①（名）粉色

スカート②（名）裙子

ベルト⓪（名）皮带

もつ（持つ）①（動1）拿

バラ⓪（名）玫瑰

まもる（守る）②（動1）守

まいあさ（毎朝）①⓪（名）每天早晨

おなまえ（お名前）贵姓

シャツ①（名）衬衫

はく⓪（動1）穿（下半身衣、鞋、袜子）

サンダル⓪①（名）凉鞋

ピアス①（名）耳环

はなたば（花束）②③（名）花束

用日语做游戏

~め（目）第~

みぎ（右）⓪（名）右

まがる（曲がる）⓪（動1）拐弯，转弯

こむ（込む）①（動1）拥挤

デモ①（名）游行

かど（角）①（名）角，拐角

ひだり（左）⓪（名）左

みち（道）⓪（名）路

こうじ（工事）①（名・動3）工程

じこ（事故）①（名）事故

语法要点

1　动词て形

1类动词		2类动词
あう → あって	しぬ → しんで	みる → みて
まつ → まって	のむ → のんで	たべる → たべて
とる → とって	あそぶ → あそんで	
かく → かいて		3类动词
およぐ → およいで	はなす → はなして	くる → きて
*いく → いって		する → して
		べんきょうする
		→ べんきょうして

2　[动词て形] ～て（で）、～　　　　　　　　　　　表示动作连续进行

朝 起きて、シャワーを 浴びて、すぐ 家を 出ました。

早晨起来，洗完澡马上出了门。

今日は 家に 帰って、すぐ 寝たいです。

今天想回到家后马上睡觉。

3　[动词て形] ～て（で）から、～　　　　　　　　　　　～之后

コーヒーを 一杯 飲んでから、仕事を 始めます。

喝完一杯咖啡后开始工作。

車を 止めてから、私も 行きます。

停好车后我也去。

4 [动词て形] ～て（で）ください　　　　　　　请给我～

資料は　メールで　送って　ください。

请把资料通过电子邮件发给我。

テキストを　読んで　ください。

请读一下课文。

5 [动词て形] ～て（で）いる　　　　　　　正在～

A：田中さんが　いませんね。

田中不在啊。

B：田中さんは　外で　たばこを　吸って　いますよ。

田中正在外面抽烟呢。

今日は　スーツを　着て　いますね。お見合いですか。

今天穿了西服啊。去相亲吗？

6 [郑重形] ＋から　　　　　　　由于～

昨日は　いい　天気でしたから、散歩を　しました。

昨天天气好，所以去散步了。

今、プリントして　いますから、ちょっと　待って　ください。

现在正在复印，请稍等。

句型练习

请仿照例句造句。（1～2题）

1

> **例** **ここを教える**
>
> すみません。ここを 教えて ください。

①窓を 開ける   ②その ペンを 貸す   ③ちょっと 手伝う

④急ぐ   ⑤ここで 待って いる

2

> A：もしもし、何を して いましたか。
> B：勉強して いました。

例   ❶   ❷   ❸   ❹

3 请在下面的例子中选择适合划线处的句子。

> 示例   例 <u>試験が あります</u>   とても 疲れました   頭が 痛いです
> 時間が ありません   お腹が いっぱいです   お金が ありません

> **例** **明日、試験が ありますから、今日は 遊びに 行きません。**

①_____から、急いで ください。

②_____から、もう 食べたく ありません。

③_____から、薬を 飲みました。

④_____から、どこも 行きません。

⑤_____から、家で 休みたいです。

4 请仿照例句造句。

> 例　ここを　教える／とても　急ぐ
>
> A：すみませんが、ここを　教えて　ください。
>
> B：すみません。とても　急いで　いますから、今は　ちょっと…。

①ペンを　一本　貸りる／私も　使う　　②その　新聞を　見せる／まだ　読む

③部屋の　掃除を　手伝う／ご飯を　作る　　④この　果物を　洗う／皿を　洗う

东京的地铁、电车

日本人非常注意遵守在地铁和电车里的礼节。即禁止用手机通话、不要叉开腿坐、不侧背背包（避免妨碍别人）等。几乎没有人大声讲话。其中的原因大概是，我要得到别人的尊重，首先要充分尊重别人吧。

听力练习

1. 请听录音，并按照顺序写下来。

①   ②   ③

④   ⑤   ⑥

2. 请说明今天和田中先生在婚姻介绍所相亲的女子的装束特点。田中是和下图中的哪

一个人相亲呢？

用日语做游戏

まっすぐ 行く   一つ目の 角   二つ目の 角   角を 右に 曲がる   角を 左に 曲がる

学生 A

假设您正乘坐在电脑游戏中的汽车里。请说明到达目的地的方法。请不要一次说完，分几次来讲述。

例 一つ目の 角まで まっすぐ 行って ください。

如果道路交通情况良好，电脑会反复说"はい、一つ目の 角まで まっすぐ 行きます"，但是如果道路交通情况不好，电脑会要求走其他路线。那就请寻找其他路线并且讲述出来。

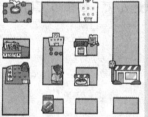

学生 B

您是汽车中的电脑系统。请仔细听乘坐者（学生 A）指示的方向，向目的地行进。请看下面的地图，如果道路交通状况良好，请回答"はい、一つ目の 角まで まっすぐ 行きます"如果道路交通状况不好，请说明情况并要求走其他路线。

道が 込んで います。   事故が ありました。   工事して います。   デモを して います。

例 そこは 道が 込んで います。どうしましょうか。

请反复几次后，到达目的地。

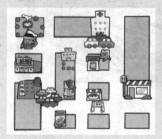

金由埋正在山田的家里学习日本酱汤的做法。

キム：あ、だし汁が できましたよ。

山田：じゃ、野菜を 全部 入れて しまいましょう。

キム：はい。今、味噌を 入れても いいですか。

山田：まだ 入れては いけませんよ。

　　　野菜を 煮てから、後で 味噌を 入れます。

キム：へえ、韓国と 順番が 違いますね。

山田：韓国のは 野菜と 味噌を いっしょに 入れて、よく 煮込みますよね。

キム：日本のは 味噌を 入れて、すぐ 火を 消しますか。

山田：ええ。あまり 長く 煮込んで しまっては いけません。

キム　　　　　　　　　山田

キム　　　　　　　　　山田

会话

だし② (名) 用海带、木鱼煮的汤	できる② (動2) 完成
やさい (野菜) ⓪ (名) 蔬菜	いれる (入れる) ⓪ (動2) 放入
みそ (味噌) ① (名) 豆酱	みそしる (味噌汁) ③ (名) 酱汤
にる (煮る) ⓪ (動2) 煮	じゅんばん (順番) ⓪ (名) 顺序
ちがう (違う) ⓪ (動1) 不同	にこむ (煮込む) ② (動1) 煮透
ひ (火) ① (名) 火	けす (消す) ⓪ (動1) 关
ながく (長く) 长时间地	

句型练习

カタログ⓪ (名) 目录	どうぞ① (副) 请 (表示劝诱)
さきに (先に) ⓪ (副) 以前，以往	すわる (座る) ⓪ (動1) 坐
はいる (入る) ① (動1) 进入	クーラーを つける 开空调
おく (置く) ⓪ (動1) 放，置	しゃしん (写真) ⓪ (名) 照片
とる (撮る) ① (動1) 拍，摄影	すてる (捨てる) ⓪ (動2) 扔

听力练习

ルームメイト④ (名) 室友	よぶ (呼ぶ) ⓪ (動1) 叫
とめる (泊める) ⓪ (動2) 住宿	りょう (寮) ① (名) 宿舍
そうだんする (相談する) →そうだん⓪	わかる② (動1) 知道，明白
(名・動3) 商量	おと (音) ② (名) 声音
おおきく (大きく) 大大地	

用日语做游戏

やちん (家賃) ① (名) 房租	つき (月) ② (名) 月
もんげん (門限) ② (名) 关门时间	おふろば (お風呂場) (名) 浴室
そのた (その他) ② 其他	ストーブ② (名) 暖炉
おんがく (音楽) ① (名) 音乐	せんたく (洗濯) ⓪ (名・動3) 洗衣服

语法要点

1 [动词て形] ～て（で）みる　　　　　　试试～，尝试～

ともだち　　き
友達に　聞いて　みます。我问一问朋友。

エジプトに　行って　みたいです。想去埃及看一看。
　　　　　い

いちど　ため
一度、試して　みて　ください。请试一试。

2 [动词て形] ～て（で）くる　　　　　～来，（一直）～过来

くすりや　　い
ちょっと、薬屋に　行って　きます。我去趟药店就来。

ジュースを　買って　きて　ください。请买回来果汁。
　　　　　か

3 [动词て形] ～て（で）しまう　　　　　～完，～了（不可挽回）

きょうじゅう
今日中に　やって　しまいましょう。今天之内我们把它完成。

わす
うっかり　忘れて　しまいました。一不留神给忘了。

けさ　ね
今朝、寝すごして　しまいました。今天早晨睡过了头。

4 [动词て形] ～て（で）も　いいです　　　　　可以～

でんわ　か
ここの　電話を　借りても　いいですか。可以借这儿的电话吗？

た
食べて　みても　いいですか。可以尝一尝吗？

こんど　あそ　い
今度、遊びに　行っても　いいですか。下次可以去玩儿吗？

90

5 ［动词て形］ 〜て（で）は いけません   不许

事務室で たばこを 吸っては いけません。

不许在办公室抽烟。

マンションで、ペットを 飼っては いけませんか。

不允许在公寓养宠物吗？

階段で 遊んでは いけませんよ。

不许在楼梯上玩耍。

さしすせそ

在日本的饮食里，谈到调味品的时候，有按照"さ・し・す・せ・そ"的顺序来讲的说法。这里的"さ"指"さとう"（白糖）；"し"指"しお"（盐）；"す"指"す"（醋）；"せ"指"しょうゆ"（酱油）；"そ"指"みそ"（大酱）。这个排列顺序是有科学根据的。这些调味品从さ到そ，分子的大小越来越小。因此进入食物里的速度要数白糖最慢。如果先放糖，就会和其他调味品保持均衡。白糖具有使食物的组织变得柔软的功能。因此在使食物变得柔软的过程中可以使其他调味品更好地渗透到食物中去。

句型练习

1 请仿照例句，看图说话。

> 例　A：すみません。この　カタログを　もらっても　いいですか。
> 　　B：いいですよ。どうぞ。

2

> 例　A：すみません。ここで　たばこを　吸^すっては　いけませんが。
> 　　B：そうでしたか。すみません。

听力练习

1. 正在谈论宿舍的规定,
   是下面图中的哪一个呢?

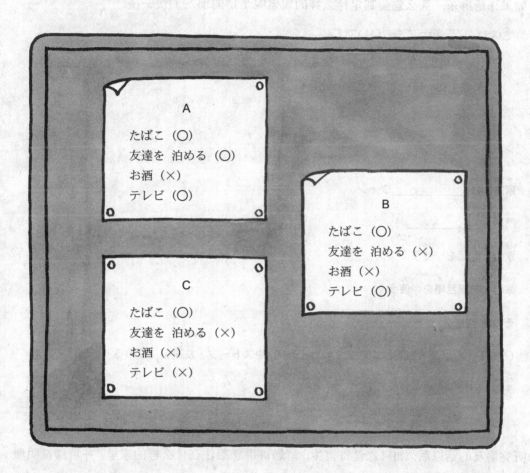

A

たばこ （〇）
友達を 泊める （〇）
お酒 （×）
テレビ （〇）

B

たばこ （〇）
友達を 泊める （×）
お酒 （×）
テレビ （〇）

C

たばこ （〇）
友達を 泊める （×）
お酒 （×）
テレビ （×）

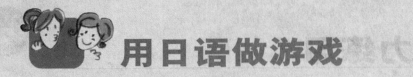

用日语做游戏

如果您是房东，那么您会制定什么样的规定呢？请向朋友们谈一谈。

　　㉕たばこを　吸っても　いいです。

　　　家の　電話を　使っては　いけません。

　　　10時までに　帰って　きて　ください。

<シート>

```
家賃：月＿＿＿＿＿＿＿＿ウォン

門限：＿＿＿＿＿＿時

家の　電話を　使う：

家の　お風呂場を　使う：

その他

（ペット・たばこ・お酒・エアコン（クーラー）やストーブ・友達を　泊める・テレビ・音楽・

洗濯・掃除・食事…）
```

听完朋友的话以后，如果您是寄宿生，请您讲讲您想住在什么样的家里，并请您说明理

由。

94

小林和山田的丈夫李汉淑先生一起下班。

林：あれ？イさんの　家の　電気、消えて　いますよ。

イ：ええ。家内が　旅行に　行って　います。

　　あ、家で　ビールでも　いっしょに　いかがですか。

林：いいですね。じゃ、ビールを　買いに　行きましょう。

イ：いいえ、冷蔵庫に　入れて　ありますから、大丈夫ですよ。

喝完啤酒……

林：あれ？もう　12時ですね。じゃ、そろそろ…。

イ：そうですか。

林：コップは　私が　洗います。

イ：いいですよ。後で　私が　やりますから、置いて　おいて　ください。

林　　　　　　イ　　　　　　　　　イ　　　　　　林

95

词汇表

会话

でんき（電気）① （名）电灯	きえる（消える）⓪ （動2）熄灭
いかがですか（＝どうですか）怎么样	れいぞうこ（冷蔵庫）③ （名）冰箱
だいじょうぶだ（大丈夫だ）不要紧，没关系	あれ①⓪ （感）哎呀
そろそろ① （副）慢慢地，就要	コップ⓪ （名）杯子

句型练习

コピーする→コピー① （名・動3）复印	パーティー① （名）晚会
コンパ① （名）联谊会	レストラン① （名）西餐馆
よやく（予約）⓪ （名・動3）预约	フィルム① （名）胶卷
かべ⓪ （名）墙	スケジュールひょう （名）日程表
かける② （動2）挂	ほんだな（本だな）① （名）书架
ならべる（並べる）⓪ （動2）摆放	たな⓪ （名）搁板
しまう⓪ （動1）收拾	かくにん（確認）⓪ （名・動3）确认
らいげつ（来月）① （名）下个月	やぶれる（破れる）③ （動2）破
さいふ⓪ （名）钱包	おちる（落ちる）② （動2）掉

听力练习

どう① （副）如何，怎样	のせる（載せる）⓪ （動2）放，搁
ひきだし（引き出し）⓪ （名）抽屉	ベッド① （名）床
めがね（眼鏡）① （名）眼镜	くつした（くつ下）②④ （名）袜子

用日语做游戏

アルバム⓪ （名）相册

语法要点

1 [动词て形] ～て（で）おく　　　　　　　　　　（事先）做好～

映画の チケットは 私が 買って おきます。

电影票由我来买好。

会議の 前に、この 資料を 読んで おいて ください。

开会之前，请先把这份资料读一下。

2 [他动词て形] ～て（で）ある　　　　　　　　表示动作结果的存在

映画の ポスターが はって あります。

贴着电影海报。

机の 上に メモが 置いて あります。

桌子上放着留言条。

3 [自动词て形] ～て（で）いる　　　　　　　　　　处于某种状态

この コップ、ひびが 入って いますから、新しいのに 換えて ください。

这个杯子有裂痕，请给我换一下。

その 椅子は 壊れて いますから、座っては いけませんよ。

这把椅子是坏的，不能坐呀。

あ、窓が 開いて いますね。閉めて くださいませんか。

啊，窗户开着啊。帮我关一下好吗？

自动词	他动词
壊れる（坏）	壊す（弄坏）
破れる（破）	破る（弄破）
落ちる（掉）	落とす（扔下）
開く（开）	開ける（打开）
閉まる（关着）	閉める（关）
つく（点）	つける（点燃）
消える（消失）	消す（熄灭）
起きる（起床）	起こす（叫醒）
並ぶ（排列）	並べる（摆）
止まる（停止）	止める（停止）
入る（进）	入れる（放进）
出る（出去）	出す（拿出）

惯用语

和汉语一样，日语中也有很多用与身体有关的词语来表达的惯用语。既有和我们语言一样的表达方式，也有很多不一样的表达方式。下面就简单介绍几个，让我们试着比较一下汉语和日语的区别。

· 頭に来る：生气

· 顔が広い：交际广

· 目と鼻の先：近在咫尺

· 口が重い：寡言少语

· 口が堅い：嘴严，守口如瓶

· 腹が黒い：心黑

· 手が空く：有空

· 足を洗う：洗手不干

1 请仿照例句造句。

> 例　会議／この　資料を　コピーする
>
> A：会議の　前に、何を　して　おきましょうか。
>
> B：そうですね。まず、この　資料を　コピーして　おいて　ください。

①会議／この　資料を　読む

②パーティー／ビールを　冷蔵庫に　入れる

③コンパ／レストランの　予約を　する

④旅行／フィルムを　たくさん　買う

2 请看下面的图画，仿照例句进行会话。

> 例　かべに　スケジュール表が　はって　あります。

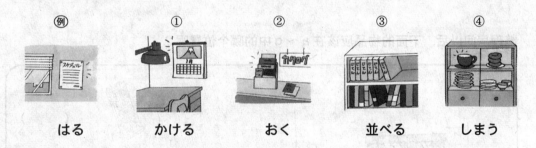

例	①	②	③	④
はる	かける	おく	並べる	しまう

3 请看上面的图画（第2题），仿照例句进行会话。

> 例　A：明日の　スケジュールを　確認する／B-2例）
>
> A：あのう、明日の　スケジュールを　確認しても　いいですか。
>
> B：いいですよ。かべに　はって　ありますから、どうぞ。

①A：来月の　カレンダーを　見る／B：2-①

②A：カタログを　もらう／B：2-②

③A：辞書を　借りる／B：2-③

④A：コップを　借りる／B：2-④

4 请看下面的图画，仿照例句进行会话。

例 いすが 壊れて います。

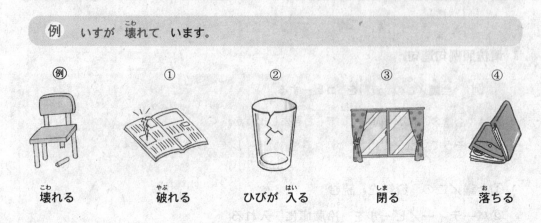

例 壊れる ① 破れる ② ひびが 入る ③ 閉る ④ 落ちる

听力练习

整理房间以后，下面的物品应该在 a～g 中的哪个位置呢？

用日语做游戏

アクティビティー

学生A：你去朋友家里玩儿。请试着向朋友提出各种要求。

例ペンを　借りる

　A：ペンを　借りても　いいですか。

①アルバムの　写真を　見る
②日本の　歌を　聞く
③ 何か　飲む
④メールを　確認する

学生B：你的朋友A到你家里来玩儿。请你满足朋友提出的要求。

A：ペンを　借りても　いいですか。

B：ええ、いいですよ。机の　引き出しに　し

まって　ありますから、どうぞ。

小林的女同事刚上班就看见了正在喝咖啡的小林。

ユン：また、コーヒーですか。林さんは　コーヒーが　好きですね。

林：ええ、大好きですよ。一日に　5・6杯は　飲んで　いますね。

ユン：朝ごはんは　食べましたか。

林：いいえ。私の　一日は　この　コーヒーで　始まります。

ユン：何も　食べないで、コーヒーを　飲むのは　体に　よく　ありませんよ。

林：私は　大丈夫ですよ。なれて　いますから。

ユン：でも、あまり　たくさん　飲まないで　ください。

林：わかりました。少し　減らして　みます。

林　　　ユン　　　　　　　　　　林　　　　　　　　　ユン

102

词汇表

会话

だいすきだ（大好きだ）非常喜欢	いちにち（一日）④（名）一天
なれる②（動2）习惯	あまり⓪（副）（与否定形呼应）不太，不
へらす（減らす）⓪（動1）减少	怎么

句型练习

しばふ（芝生）⓪（名）草坪	ごみ②（名）垃圾
えんりょする（遠慮する）→えんりょ⓪（名・動3）客气	しんぱいする（心配する）→しんぱい⓪（名・動3）担心
きんえん（禁煙）⓪（名・動3）禁烟	あぶない（危ない）⓪③（イ形）危险
うんてんする（運転する）→うんてん⓪（名・動3）驾驶	さとう②（名）白糖

听力练习

ダイエット①（名・動3）减肥	うんどう（運動）⓪（名・動3）运动
ばかり（副助）光，净，专	～かい（回）～次
クラシック③②（名）古典	くらい（＝ぐらい）（副助）大概
いじょう（以上）①（名）以上	まいにち（毎日）①（名）每天

用日语做游戏

おてら（お寺）（名）寺院	かんこうち（観光地）③（名）旅游胜地
えをかく（絵をかく）画画	

语法要点

1 动词ない形

▶ 动词的ない形，就是指动词接表示否定的助动词ない时的变化。

1类动词	いく	およぐ	はなす	まつ	しぬ
-u → -a ない	↓	↓	↓	↓	↓
	いかない	およがない	はなさない	またない	しなない
	あそぶ	のむ	とる	*すう	*ある
	↓	↓	↓	↓	↓
	あそばない	のまない	とらない	すわない	ない
2类动词	みる	たべる	わすれる	すてる	いる
-る → -×ない	↓	↓	↓	↓	↓
	みない	たべない	わすれない	すてない	いない
3类动词	くる→こない				
	する→しない　でんわする→でんわしない				

2 [动词ない形] ＋ないで ください　　　　　　　　请不要～

約束の 時間に 遅れないで ください。

约会请不要迟到。

あの…、ここで たばこを 吸わないで ください。
たばこは あちらで お願いします。

对不起，请不要在这儿抽烟。请到那边抽。

3 [动词ない形] ＋ないで、～　　　　　　　　　　　不～

いつも 朝ごはんを 食べないで、家を 出ます。
总是不吃饭就出门。

昨日は　予備校に　行かないで、ゲーセンで　ゲームを　して　いました。

昨天没去补习学校，在游戏厅玩儿了游戏。

私は、部屋の　電気は　つけないで、机の　スタンド　だけで　勉強します。

我学习时不开房间的灯，只开桌子上的台灯。

4　［动词ます形］＋ながら～　　　　　　　　　边～边～

お茶でも　飲みながら　話しませんか。

边喝茶边聊天吧。

うちの　父は　歌を　歌いながら　お風呂に　入ります。

我爸爸边哼着歌边洗澡。

咖啡

最近出现了各种各样的咖啡，人们根据自己的喜好选择不同的咖啡。这些咖啡的名字都是外来语。那么用日语的片假名该如何表达呢？

- 混合咖啡（blend of coffee）：ブレンドコーヒー
- 纯咖啡（straight）：ストレートコーヒー
- 拿铁咖啡：カフェ・ラテ
- 牛奶咖啡：カフェ・オ・レ
- 卡布其诺咖啡：カプチーノ
- 浓咖啡：エスプレッソ
- 香味咖啡：フレーバーコーヒー

句型练习

1 请仿照例句造句。

> **例** たばこを 吸う
>
> ⇒たばこを 吸わないで ください。

①写真を 撮る　　②芝生に 入る　　③約束を 忘れる

④ごみを 捨てる　　⑤遠慮する　　⑥心配する

请看下面的图画，仿照例句练习。（2～4题）

2　**例**　ここは 禁煙ですから、たばこを 吸わないで ください。

例　　　　　①　　　　　②　　　　　③

3　**例**　食べながら 勉強しないで ください。

例　　　　　①　　　　　②　　　　　③

4　**例**　今日は 傘を 持たないで、家を 出ました。

例　　　　　①　　　　　②　　　　　③

昨日　　今日　　おととい　　昨日　　　昨日　　今日　　　昨日　　今日

听力练习

请听一听减肥应该注意的事项。

1. 和内容一致的请画○，不一致的请画×。

2. 请试着整理一下听过的内容。

例 ダイエットには　運動が　いちばんです。

① ＿＿＿＿＿＿＿＿＿＿＿ながら、食事を　するのも　いいです。

② 運動は　一時間　以上＿＿＿＿＿＿＿。

③ ダイエット中には　お酒を＿＿＿＿＿。

用日语做游戏

请看下面的图画，仿照例句进行会话。

例 	A：すみません。 　　ここでは　写真を　撮らないで　ください。 B：これ、一枚だけですから。お願いします。 A：一枚も　撮っては　いけません。 B：すぐ　終わりますから。 A：ここは　お寺です。観光地じゃ　ありません。 B：じゃ、絵を　かくのは　いいですか。

①

②

③

④

中午，小林正在和他的同事利用午休时间聊天。

林 ：口座を ひらきたいですが、はんこが 要りますか。

同僚：いいえ、なくても いいですよ。サインを しても いいですから。

林 ：そうですか。じゃ、行って きます。

同僚：私が いっしょに 行って、通訳しなくても いいですか。

林 ：ありがとう。でも、大丈夫です。

在银行

林 ：あの、名前は ローマ字で 書いても いいですか。

銀行員：すみません。コンピュータに ハングルで

入力しなければ なりませんから。

林 ：そうですか。じゃあ…、これで いいですか。

同僚　　　　　林　　　　　　　林　　　　銀行員

109

词汇表

会话

こうざを　ひらく（口座を　ひらく）开户	はんこ ③（名）印章
いる（要る）⓪（動1）需要	サイン ①（名・動3）签字
つうやく（通訳）①（名・動3）口译	ぎんこう（銀行）⓪（名）银行
ぎんこういん（銀行員）③（名）银行职员	ローマじ（ローマ字）③⓪（名）罗马字
コンピュータ ③（名）计算机	にゅうりょくする（入力する）→にゅうりょ
	く⓪①（名・動3）录入

句型练习

せつめいしょ（説明書）⓪⑤（名）说明书	でんしゃ（電車）⓪①（名）电车
～に　のる（～に　乗る）乘～	まんいん（満員）⓪（名）满员
かよう（通う）⓪（動1）上班，上学	そら（空）①（名）天空
とぶ（飛ぶ）⓪（動1）飞	ほんれんそう ③（名）菠菜
ちゅうしゃをうつ（注射をうつ）注射，打针	ピアノをひく　弹钢琴

听力练习

アイロンを　かける　熨衣服	かんじ（漢字）⓪（名）汉字
こんしゅう（今週）⓪（名）这星期	ぬぐ（脱ぐ）①（動1）脱

用日语做游戏

チップ ①（名）小费	まん（満）①　满
～さい（才）～岁	じゅうみんとうろくしょう（住民登録証）⑧⓪
タクシー ①（名）出租车	（名）居民登记证明
しょうがっこう（小学校）③（名）小学	おべんとう（お弁当）（名）盒饭
だい（第）～　第～	がいこくご（外国語）⓪（名）外语
めうえ（目上）⓪③（名）长辈，上司	たべはじめる（食べ始める）开始吃

1 [动词ない形]＋なければ なりません

不～不行
必须～

明日までに 出さなければ なりません。

明天之前必须交。

雨の 日は 道が 込みますから、いつも より 早く 家を 出なければなりません。

下雨天道路拥堵，所以必须比平时早出门。

A：明日は どうですか。

明天怎么样？

B：すみません。明日は 病院に 行かなければ なりません から…。

对不起，明天我必须得去医院……

2 [动词ます形]＋なくても いいです

即使不～也可以

とても 辛いですから、無理して 全部 食べなくても いいですよ。

很辣，所以你不用硬着头皮全吃掉。

まだ 時間が ありますから、そんなに 急がなくても いいです。

还有时间，所以没必要那么着急。

これは 冷蔵庫に 入れて おかなくても いいですか。

这个可以不放入冰箱吗？

句型练习

1 请仿照例句造句。

> 例　毎朝、早く　起きる　→毎朝、早く　起きなければ　なりません。

①予約する　　　　　　　　　　→＿＿＿＿＿＿＿なければ　なりません。

②説明書を　よく　読む　　　　→＿＿＿＿＿＿＿なければ　なりません。

③8時の　電車に　乗る　　　　→＿＿＿＿＿＿＿なければ　なりません。

④11時　までに　帰る　　　　　→＿＿＿＿＿＿＿なければ　なりません。

⑤毎日、満員電車で　通う　　　→＿＿＿＿＿＿＿なければ　なりません。

⑥会議に　出る　　　　　　　　→＿＿＿＿＿＿＿なければ　なりません。

2 从下面的人物中选出两个，请试着谈一谈必须做的或不做也可以的事情。

> 例　学生は　勉強しなければ　なりませんが、スーパーマンは　勉強しなくても　いいです。

听力练习

请仔细听清内容, 在下面三个答案中选出男子在对话结束以后将要进行的行动, 并用〇
表示。

例　a. 明日も　着ます。　　b. 明日も　来ます。　　c. 明日は　来ません

1) a. アイロンを　かけません。　　b. アイロンを　かきません。

c. アイロンを　かけます。

2) a. ハングルで　書きます。　　b. 漢字で　書きます。

c. 漢字で　書きません。

3) a. 今週だけ　飲みます。　　b. 来週まで　飲みます。

c. 今週から　飲みません。

4) a. 予約しません。　　b. 土曜日は　予約します。

c. 土曜日は　予約しません。

5) a. くつを　脱ぎます。　　b. くつを　脱ぎません

c. くつ下を　脱ぎます。

 # 用日语做游戏

アクティビティー

请谈谈中国和日本的不同之处。

学生A

1. 请仿照下面的例句，向学生B提问。

> 例　日本では　家の　中で、くつを　脱がなければ　なりませんか。

	日本	中国
Q：例 家の　中で、くつを　脱ぐ	（　　）	（　　）
① ホテルで　チップを　あげる	（　　）	（　　）
② 満6才から　学校に　入る	（　　）	（　　）
③ 土曜日も　学校に　行く	（　　）	（　　）
④ 住民登録証を　もらう	（　　）	（　　）

2. 请看下面的内容回答学生B的提问。

〇 → ～なければ　なりません。

× → ～なくても　いいです。

	日本	中国
① タクシーの　ドアを　開けたり　閉めたりする。	×	〇
② 小学校へ　お弁当を　持って　行く。	×	×
③ 高校生は　学校で　第2外国語を　習う。	×	〇
④ 食事の　時、目上の　人が　食べ始めるのを　待つ。	×	〇

学生 B

1. 请看下面的内容回答学生 A 的提问。

　　○ → ～なければ　なりません。

　　× → ～なくても　いいです。

> 例　はい。日本では　家の　中で　くつを　脱がなければ　なりません。

	日本	中国
例 家の　中で、くつを　脱ぐ	○	○
① ホテルで　チップを　あげる	×	○
② 満6才から　学校に　入る	○	○
③ 土曜日も　学校に　行く	×	○
④ 住民登録証を　もらう	×	○

2. 请向学生 A 提问下面的问题。

	日本	中国
① タクシーの　ドアを　開けたり　閉めたりする。	（　　）	（　　）
② 小学校へ　お弁当を　持って　行く。	（　　）	（　　）
③ 高校生は　学校で　第2外国語を　習う。	（　　）	（　　）
④ 食事の　時、目上の　人が　食べ始めるのを　待つ。	（　　）	（　　）

金由理在山田家里和山田一块儿喝茶。

山田：キムさん、彼氏は。

キム：いません。

山田：お見合いとか、した ことが ありますか。

キム：ん…。お見合いは した ことが ありませんが、

　　　合コンは した ことが あります。

山田：そうですか。韓国では「ミーティング」と 言いますね。

　　　どんな ことを しますか。

キム：食事を したり、お酒を 飲んだり します。

山田：日本と 同じですね。

キム：山田さんは 日本で 合コンを した ことが ありますか。

山田：ええ、たくさん ありますよ。主人には ないしょね。

山田　　　　　　キム

キム　　　　　　山田

词汇表

会话

かれし（彼氏）① （名）男朋友	〜とか（副助）……啦……啦
〜と いう（〜と 言う）叫做	ないしょ③⓪ （名）秘密

句型练习

つうはん（通販）＝つうしんはんばい	にじ（虹）⓪ （名）彩虹
（通信販売）⓪ （名）函售	ドラマ① （名）连续剧
バンジー・ジャンプ⑤（名）蹦极	チャット① （名）聊天
しょうせつ（小説）⓪ （名）小说	ラブレター③ （名）情书
おんがく（音楽）① （名）音乐	ドライブ②（名・動3）驾车兜风
ばんごはん（晩御飯）③（名）晚饭	

听力练习

じこをおこす（事故を起こす）引起事故	じこにあう（事故にあう）遇到事故
したしい（親しい）③（イ形）亲近	にゅういん（入院）⓪ （名・動3）住院
たいいん（退院）⓪ （名・動3）出院	ちょきん（貯金）⓪ （名・動3）储蓄
りょうきん（料金）①（名）费用	よる（夜）① （名）晚上
おそく（遅く）⓪ 　迟	カフェ①（名）咖啡

用日语做游戏

シート①（名）一张（纸等）	げいのうじん（芸能人）③（名）艺人
ひとりで（一人で）⓪ （副）独自	どうして①（副）为什么

语法要点

1 动词た形

	1类动词		2类动词	
	あう→あった	しぬ→しんだ	2类动词	みる→みた
	まつ→まった	よむ→よんだ		わすれる→わすれた
	かえる→かえった	あそぶ→あそんだ		
	きく→きいた		3类动词	くる→きた
	いそぐ→いそいだ	かす→かした		する→した
	*いく→いった			べんきょうする →べんきょうした

2 [动词た形] ～た ことが あります　　　　　　　曾经～

日本人と 話した ことが あります。曾跟日本人说过话。

日本の 漫画を 読んだ ことが あります。看过日本的漫画。

A：犬の 肉を 食べた ことが ありますか。吃过狗肉吗？

B：①はい、食べた ことが あります。嗯，吃过。

　　②いいえ、食べた ことが ありません。不，没吃过。

3 [动词た形] ～たり　　　　　　　　　　　　　　　～啦～啦

映画を 見たり、お酒を 飲んだり します。

看看电影啦，喝喝酒啦什么的。

部屋で ゴロゴロ したり、あちこち ブラブラ したり して いました。

在房间里闲呆着啦，到处去转转啦什么的。

気が 散りますから、行ったり 来たりしないで ください。

我集中不了精神，所以你不要走来走去的。

118

句型练习

请仿照例句造句。（1～3题）

1 例 1）日本に 行く　　2）楽しい

A：1）日本に 行った ことが ありますか。

B：はい、1）行った ことが あります。

A：どうでしたか。

B：2）楽しかったです。

① 1）キムチを 作る　2）難しい　　② 1）日本酒を 飲む　2）おいしい

③ 1）通販で 何かを 買う　2）便利だ　　④ 1）虹を 見る　2）きれいだ

2 例 日本の ドラマを 見る

A：日本の ドラマを 見た ことが ありますか。

B：いいえ、まだ 見た ことが ありません。
　　一度、見て みたいです。

①バンジージャンプを する　　　　②日本語で チャットを する

③日本の 小説を 読む　　　　　　④ラブレターを もらう

3 例 暇な 時、何を しますか。（音楽を 聞く・ビデオを 見る）
　　→音楽を 聞いたり、ビデオを 見たり します。

①週末は 何を しますか。（お酒を 飲む・ドライブを する）

②ここまで 何で 来ますか。（バスで 来る・電車で 来る）

③晩ご飯の 後、何を して いますか。（メールを 書く・テレビを 見る）

④子供の 時 どんな ことを しましたか。

（テレビゲームを する・公園で 遊ぶ・漫画を 読む）

听力练习

1. 请听对话，在空格内添入各自曾经做过什么事情。

⑩キムさんは　キムチを　作った　ことが　あります。

①キムさんは＿＿＿＿＿＿＿＿＿ことが　あります。

　田中さんは＿＿＿＿＿＿＿＿＿ことが　あります。

②パクさんは＿＿＿＿＿＿＿＿＿ことが　あります。

　イさんは＿＿＿＿＿＿＿＿＿ことが　あります。

2. 请仔细听清内容，仿照例句，找出对应的场所，写下号码。

⑩インターネットカフェ（コーヒーを　飲みます　・　インターネットを　します）

用日语做游戏

アクティビティー

请在教室里就以下事项进行问卷调查。

例）シート

芸能人に 会う（＿＿人）
＊誰？
＿＿＿＿＿＿＿＿＿＿
＊どう？
＿＿＿＿＿＿＿＿＿＿

← 「芸能人に 会った ことが ありますか。」

（人数请用"正"字来表示。）

← 「誰に 会いましたか。」

← 「どうでしたか。」

ラブレターを書いたり もらったり する（＿＿人）
＊かく？
＿＿＿＿＿＿＿＿＿＿
＊もらう？
＿＿＿＿＿＿＿＿＿＿
＊いつ？
＿＿＿＿＿＿＿＿＿＿

ペットを 飼う（＿＿人）
＊どんな ことを しなければ なりませんか？
＿＿＿＿＿＿＿＿＿＿
＿＿＿＿＿＿＿＿＿＿
＿＿＿＿＿＿＿＿＿＿
＿＿＿＿＿＿＿＿＿＿

犬の 肉を 食べる（＿＿人）
＊どう？
＿＿＿＿＿＿＿＿＿＿
＊また 食べたいですか。

一人で 旅行する（＿＿人）
＊どこ
＿＿＿＿＿＿＿＿＿＿
＊どうして 一人で？
＿＿＿＿＿＿＿＿＿＿
＊どう？
＿＿＿＿＿＿＿＿＿＿

金由理的日记。

8月 25 日 土曜日 晴れ

今日、お芝居を 見た。韓国、日本、中国 合作の お芝居だった。

今まで 一度も 見た ことが なかったから、オープニングの 時は 少し

ドキドキした。表情も 動きも 大きいから、最初は ちょっと びっくりした

けど、俳優の パワーを

強く 感じた。

歌ったり、踊ったり、リズ

ミカルなのも よかった。

フィナーレで、韓国・日

本・中国の 俳優たちが

手を つないで 歌った。

少し 涙が 出た。とても

感動的だった。

映画も いいけど、お芝居

も いい。これからは 時々 お芝居も 見たい。

夏休みも 明日までだ。来週から 学校の 授業が 始まる。

アルバイトも あるから、忙しい。

がんばれ、ゆり！

词汇表

会话

はれ（晴れ）②（名）晴天	がっさく（合作）⓪（名・動3）合作
オープニング①（名）序幕	ドキドキ①（副）忐忑不安
ひょうじょう（表情）③（名）表情	うごき（動き）③（名）动作
さいしょ（最初）⓪（名・副）起初，首先	びっくりする→びっくり③（名・動3）吃惊
～けど（接助・終助）但是，然而	はいゆう（俳優）⓪（名）演员
パワー①（名）实力	つよく（強く）强烈地
かんじる（感じる）⓪（動2）感觉	おどる（踊る）⓪（動1）跳舞
リズミカル③②（ナ形）有节奏的，有韵	フィナーレ②（名）最后一幕
律的	てをつなぐ（手をつなぐ）手拉手
なみだ（涙）①（名）眼泪	かんどうてき（感動的）（ナ形）感动的
ときどき（時々）⓪（副）常常	がんばれ　加油

句型练习

ごぜんちゅう（午前中）中午以前	くもり（曇り）③（名）阴天
はれる（晴れる）②（動2）晴	でかける（出かける）⓪（動2）出门
ようじ（用事）⓪（名）事情	ゆうがた（夕方）⓪（名）傍晚
ビヤガーデン③（名）露天啤酒店	ごめん⓪　请原谅
じょうだん（冗談）③（名）玩笑	いっしょうけんめい（一生懸命）④①－⓪拼命

语法要点

1 普通形（肯定）

	郑重形	普通形
名词	雨<ruby>雨<rt>あめ</rt></ruby>です。 雨<ruby>雨<rt>あめ</rt></ruby>でした。	雨<ruby>雨<rt>あめ</rt></ruby>だ。 雨<ruby>雨<rt>あめ</rt></ruby>だった。
ナ形容词	<ruby>元気<rt>げんき</rt></ruby>です。 <ruby>元気<rt>げんき</rt></ruby>でした。	<ruby>元気<rt>げんき</rt></ruby>だ。 <ruby>元気<rt>げんき</rt></ruby>だった。
イ形容词	おもしろいです。 おもしろかったです。	おもしろい。 おもしろかった。
动词	<ruby>会<rt>あ</rt></ruby>います。 <ruby>会<rt>あ</rt></ruby>いました。	<ruby>会<rt>あ</rt></ruby>う。 <ruby>会<rt>あ</rt></ruby>った。

2 普通形（否定）

	郑重形	普通形
名词	雨じゃ ありません。 雨じゃ ありませんでした。	雨じゃ ない。 雨じゃ なかった。
ナ形容词	元気じゃ ありません。 元気じゃ ありませんでした。	元気じゃ ない。 元気じゃ なかった。
イ形容词	おもしろく ありません。 おもしろく ありませんでした。	おもしろく ない。 おもしろく なかった。
动词	会いません。 会いませんでした。	会わない。 会わなかった。

3 普通体的句子

昨日は 暇だったから、部屋の 掃除を した。

昨天有空，所以打扫了房间。

さしみは 好きだけど、高いから、あまり 食べに 行かない。

喜欢吃生鱼片，但因为贵，所以很少去吃。

これから 飲みに 行くけど、いっしょに 行かない？

现在要去喝酒，一起去怎么样？

悪いけど、ここで ちょっとだけ 待って いて。

不好意思，请在这儿稍等一会儿。

まだ まだ いっぱい あるから、遠慮しないでね。

还有很多，请不要客气。

A：明日、そっちに 遊びに 行っても いい？

明天去你那儿玩儿可以吗？

B：うん、いいよ。

嗯，可以。

句型练习

1 请变成普通形。

例 行きます	行く	行った	行かない	行かなかった
飲みます				
あります				
います				
します				
来ます				
かわいいです				
いいです				
嫌いです				
好きです				

2 请把下面的句子变成普通体并回答问题。

① Q：日本語は 難しいですか。 →

  A：はい、難しいです。 →

    いいえ、難しく ありません。

② Q：キムさんの 部屋は きれいですか。 →

  A：はい、きれいです。 →

    いいえ、きれいじゃ ありません。 →

③ Q：韓国の 歌手の なかで 誰が いちばん 好きですか。 →

  A：＿＿＿＿＿が いちばん 好きです。 →

④ Q：日本語を 勉強して、何が したいですか。 →

  A：＿＿＿＿＿たいです。 →

⑤ Q：家で ペットを 飼っても いいですか。 →

  A：はい、飼っても いいです。 →

    いいえ、飼っては いけません。 →

⑥ Q：昨日、何を しましたか。 →

  A：家で ビデオを 見ました。 →

⑦ Q：これから、何を しますか。 →

  A：家に 帰ります。 →

听力练习

请听两个人的对话，并完成理惠的日记。

りえの日記

9月7日 日曜日

きのうは 午前中は くもり＿＿＿＿＿＿＿が、午後からは＿＿＿＿＿＿＿＿＿＿＿＿。

とても いい 天気＿＿＿＿＿から、＿＿＿＿＿と 映画を 見に＿＿＿＿＿＿＿＿＿＿。

映画は＿＿＿＿＿＿＿＿＿＿＿＿＿。

その後、＿＿＿＿＿と＿＿＿＿＿と 私の 三人で ビールを＿＿＿＿＿＿＿＿＿＿＿＿＿。

とても 楽しかった。それで、明日の 試験の ことを＿＿＿＿＿＿＿＿＿＿＿＿＿。

ここは 学校の 図書館だ。

今から、いっしょうけんめい＿＿＿＿＿＿＿＿＿＿＿＿。

用日语做游戏

请以"孩提时代"为题写一篇作文。（用普通体）

请先试着回答下面的问题。

① 子供の 時、何が 好きでしたか。（食べ物・おもちゃ…）

　　例 アイスクリームが 好きでした。→アイスクリームが 好きだった。

② 何を して、遊びましたか。

　　例 自転車に 乗ったり、テレビゲームを したり しました。

　　　→自転車に 乗ったり、テレビゲームを したり した。

③ 小学生の 時は どんな 子供でしたか。中学生、高校生の 時は？

　　例 明るくて、元気な 子供でした。→明るくて、元気な 子供だった。

④ 学生の 時、同じ クラスに 好きな 人が いましたか。どんな 人でしたか。

　　例 スポーツが 上手で、かわいい 人でした。

　　　→スポーツが 上手で、かわいい 人だった。

1. キムさんは　学生ですか。
   いいえ、学生（　　　　　）

2. バス停は（　　）ですか。
   いいえ、バス停は（　　　）です。

3. 私の　友達は　数学（　　）先生です。

4. それは（　　）チケットですか。
   これは　映画の　チケットです。

5. 田中さんの　誕生日は（　　）ですか。
   4月 3日です。

6. 教室に（　　）いますか。
   いいえ、誰も　いません。

7. 公衆電話は（　　）ありますか。
   コンビニの　前に　あります。

8. 会議は（　　）始まりますか。
   2時に　始まります。

9. （　　）会社に　行きますか。
   バスで　会社に　行きます。

10. 昨日、テレビを　見ましたか。
    いいえ、（　　　）。

11. 昨日、見た　映画は　どうでしたか。
    あまり（　　　）ありませんでした。

12. 先生は（　　　　　）おもしろい　方です。

13. 釜山は（　　　）所ですか。

にぎやかで　有名です。

14. 木村さんは（　　　）で　やさしい　人です。

15. 料理を　食べるのは　好きですが、（　　　）好きじゃ　ありません。

16. 昨日は　とても（　　　　　）。

17. 先週は　天気が（　　　）ありませんでした。

18. 山田さんは　海と　山と（　　　）好きですか。

19. 日本料理の　中で（　　　）いちばん　好きですか。

うなぎが　いちばん　好きです。

20. 旅行は　温泉（　　　）遊園地　どちらが　いいですか。

私は（　　　　　）いいです。

21. のどが　乾きましたね。（　　　）飲みたいですね。

そうですね。コーヒー（　　　）飲みましょうか。

22. どこか　遊び（　　　）行きませんか。

いいですね。ロッテワールドは　どうですか。

23. 昨日、デパートに　買い物（　　　）。

何か　買いましたか。

はい。靴を　買いました。

24. 恋人（　　）手編みの　セーターを　あげたいです。

25. 会社（　　）夏の　ボーナスを　もらいました。

26. 友達が　私の　妹に　ネックレスを（　　）。

27. 山本さん（　　）手紙（　　）もらいました。

28. 朝、起きて　ご飯を　食べて　コーヒーを（　　）家を　出ました。

29. 少し（　　）仕事を　始めます。

30. 田中さんは　どこに　いますか。

会議室で　資料を（　　）います。

31. この　デジカメの（　　）を　教えて　ください。

32. ちょっと　郵便局に（　　）来ます。

33. この　電話を（　　）いいですか。

34. この　マンションでは　ペットを（　　）いけません。

35. 机の　上に　メモが（　　）あります。

36. 寒いですから　窓を（　　　　）。

37. ここに　車を（　　）ください。ここは　駐車禁止です。

38. 約束の　時間に（　　）ください。

39. 明日までに レポートを （　　　） なりません。

40. 月曜日は 道が （　　　） いつも より早く 家を 出なければ なりません。

41. まだ 時間が ありますから （　　　） いいです。

42. 納豆を （　　　） ことが ありますか。

43. 富士山に （　　　） ことが ありますか。

44. 今度の 日曜日には 家で ゆっくり 休む つもりです。
部屋の 掃除を （　　　）、音楽を （　　　）、のんびり 休みたいです。

45. 友達と 会って 話を したり、おいしい ものを 食べたり したいです。

46. 昨日は ひまだったので 友達に メールを （　　　）。

47. 日本語の 試験は とても （　　　）。

48. 通販で （　　　） 靴は 小さいです。

49. 日本語で チャットを （　　　） なあ。

50. 中国の 歌を （　　　）。

译文

3 初次见面

朴：小金，这是小林。

林：初次见面，我叫林拓也。请多关照。

金：彼此彼此。我叫金由理。

朴：小金，你要出去啊？

金：是的。

朴：那以后再见。

金：好，再见。

* * * * * *

林：小金是你的女朋友吗？

朴：啊？不，不是女朋友，是普通朋友。

4 那是什么

朴：晚上好。那是什么？

林：要洗的衣服。请问，投币洗衣店在哪里？

朴：在那边的地下。不过，今天休息。

林：啊？星期一休息啊？

朴：是。从星期二开到星期天。

林：噢。那么从几点开到几点？

朴：上午8点到晚上9点。

林：星期天也开到9点吗？

朴：不，星期天是到6点。

5 有方便面吗？

林 ：请问，有日本服务员吗？

店员：啊，有，先生。

林 ：对不起。有桶装方便面吗？

店员：啊，在这里。

林 ：一个多少钱？

店员：1,300韩元。

林 ：请给我拿3桶方便面和3瓶啤酒。

店员：好的，谢谢您惠顾。一共10,200韩元。

6 去喝一杯怎么样？

林：你好，我是小林。

金：小林，你好。

林：你好。今天的课几点结束？

金：已经结束了。

林：那么现在干什么呢？

金：嗯……回家。

林：那去你家附近的店里喝一杯怎么样？加上小朴三个人。

金：好啊。那去喝吧。那我到了附近的汽车站给你打电话。

7 又便宜又好吃的饭馆

李：到午休时间了。中午一起吃饭好吗？

林：啊，好啊。

李：楼下有又便宜又好吃的饭馆，去那儿怎么样？

林：好啊，走吧。

林：菜的种类很多嘛。这个"ナッチ"是什么？

李：是小章鱼。

林：是吗？那"ナッチポックム"是什么菜？

李：是很辣的菜。

林：啊，好啊。今天就吃这个。

8 是个充满活力的人

金：小林，你是几口之家？

林：四口人。有爸爸、妈妈和妹妹。

金：妹妹是学生吗？

林：是，跟你一样大。

金：嗯。是个什么样的人？

林：个子虽然矮，但是个喜欢吃、充满活力的人。

金：喜欢吃？擅长做菜吗？

林：不，不太擅长做菜。

9 漫画更好看

林：马上就到儿童节了。小朴你小时候是个什么样的孩子？

朴：我呀。当然是活泼可爱，什么都会做的孩子。

林：是吗，是吗。我喜欢看漫画，是个文静的孩子。

朴：是吗？漫画和动画片你更喜欢哪个？

林：喜欢漫画。小时候觉得漫画比动画片好看。

朴：是吗？我是不喜欢在家里玩儿。在外面玩儿最开心。

10 想好好地休息一下

朴：公司的暑假什么时候开始？

林：下下星期的星期六开始。

朴：跟我一样啊。想不想出去玩儿？

林：想去。要不把小金也叫上？

朴：行啊。什么地方好？

林：嗯……安静的地方。想在美丽的大自然中好好地休息一下。

朴：好啊。

林：如果再有烤肉和冰镇啤酒就好了。

朴：在山上来个野营怎么样？

林：啊，这主意不错。

11 送礼物

林：那是什么？

李：是礼物。是从亲戚那儿得到的。

林：是你的生日吗？

李：不。在韩国，过中秋节时要给亲戚朋友送礼物。

林：啊！跟日本的中元节一样啊。

李：是吗？在日本送什么？

林：送罐头、火腿等等。

12 在下雨啊

朴：喂，小林。我是小朴。

林：啊，小朴。你现在在车站吗？

朴：是。现在在一号出口。

林：那你就到二号出口吧。

朴：二号出口……啊，看见了。

林：出了出口，一直往前走。

朴：好。啊，在下雨啊。

林：有雨伞吗？

朴：没有。

林：是吗？那就在那儿稍等我一下。我去接你。

13　不能放进去

金　：啊，汤汁已经好了。

山田：那，把菜都放进去吧。

金　：好。现在，可以放进豆酱吗？

山田：还不能放进去。先把菜煮好了，然后再放。

金　：啊？跟韩国顺序不一样啊。

山田：韩国的酱汤是菜和酱一起放进去，然后多煮一煮是吧？

金　：日本的酱汤放进豆酱后马上关火吗？

山田：是的。煮的时间不能太长。

14　冰箱里已经有了

林：奇怪？你们家关着灯啊。

李：是。我爱人去旅行了。去我们家喝杯啤酒怎么样？

林：好啊。那我们去买啤酒吧。

李：不用。冰箱里已经有了，不用买。

林：啊？已经12点了。我该走了。

李：是吗？

林：杯子由我来洗吧。

李：不用。一会儿由我来收拾，你就放着吧。

第15课　不要喝得太多

尹：还喝咖啡啊。你那么喜欢喝咖啡啊。

林：嗯，非常喜欢。一天喝五六杯。

尹：早饭吃了吗？

林：没有，我的一天是从喝咖啡开始的。

尹：空着肚子喝咖啡，对身体可不太好啊。

林：我没关系，已经习惯了。

尹：不过，还是不要喝得太多。

林：知道了。我试着减下来吧。

16　不用给你翻译吗？

林　：我想开户需要印章吗？

同事：不，没有也没关系。只要签字就可以。

林　：是吗。那我去了。

同事：不用我一起去，给你翻译吗？

林　：谢谢。不过没关系。

林　　　：请问，名字可以用罗马字写吗？

银行职员：对不起。录入电脑只能用韩语。

林　　　：是吗？您看，这样可以吗？

17　我参加过联谊会

山田：小金，你有男朋友吗？

金　：没有。

山田：以前有相亲的经历吗？

金　：嗯……相亲倒没有，但参加过联谊会。

135

山田：是吗？在韩国是叫"集会"吧。干什么呢？

金　：吃饭、喝酒什么的。

山田：跟日本一样啊。

金　：山田你在日本参加过联谊会吗？

山田：有，很多。不要告诉我老公。

18　看了戏剧

8月25日晴天

今天看了戏剧。是韩国、日本、中国合演的戏剧。

以前从来没看过，所以开幕时有点忐忑不安。表情和动作都很夸张，刚开始有点惊讶，但深深地被演员的实力折服了。

这出戏剧又是唱又是跳，很有节奏感。

终场时，韩国、日本、中国的演员们手拉手唱起了歌，眼泪都出来了。我非常感动。

电影好看，但戏剧也好看。以后想抽个空看看戏剧。

暑假就到明天。下周就开始上课了。

还要打工所以忙。

加油啊，由理。